L'île du crâne

Anthony Horowitz

Né en 1955, Anthony Horowitz a écrit près d'une trentaine de livres pleins d'humour pour enfants et adolescents. Il a un public passionné autant en France que dans la douzaine de pays où ses histoires policières, fantastiques et d'horreur sont traduites. En Angleterre, son pays d'origine, il est également connu pour ses scénarios de séries télévisées. Les aventures d'*Alex Rider* ont été vendues à plus de treize millions d'exemplaires dans le monde.

Du même auteur :

ANTHONY HOROWITZ

L'île du crâne

Traduit de l'anglais
par Annick Le Goyat

Illustrations :
Benoît Dartigues

Le Livre de Poche Jeunesse

L'édition originale de cet ouvrage
a paru en langue anglaise
sous le titre :
GROOSHAM GRANGE

1

Renvoyé !

À l'heure du dîner, au 3, villa Wiernotta.

M. et Mme Eliot étaient à table avec leur fils David. Le repas se constituait ce soir-là d'un grand plat de chou cru assaisonné de sauce au fromage. M. et Mme Eliot ne mangeaient jamais de viande. L'atmosphère était franchement glaciale. L'après-midi même, dernier jour du premier trimestre, David était rentré du collège avec son carnet scolaire. La lecture n'en était guère réjouissante.

Eliot n'a fait aucun progrès, constatait le professeur de mathématiques. *Il ne sait ni diviser ni mul-*

tiplier, mais aurait tendance, je le crains, à en rajouter.

Travail manuel ? s'exclamait le professeur de menuiserie, *j'aimerais qu'il sache ce qu'est seulement le travail !*

S'il reste éveillé en classe, c'est un miracle, se plaignait le professeur d'histoire sainte.

Manque de principes, affirmait le principal.

Il aura du mal à faire son chemin dans la vie, concluait le directeur d'études.

M. Eliot avait lu tous ces commentaires avec une colère croissante. Son visage avait d'abord viré au rouge. Puis ses doigts étaient devenus blancs, les veines de son cou bleues, et sa langue noire. Mme Eliot avait hésité entre appeler le médecin ou prendre une photo en couleurs mais, finalement, après plusieurs verres de whisky, M. Eliot s'était calmé.

« Quand j'étais petit, grommela-t-il, si je n'étais pas premier en classe, mon père m'enfermait dans un placard pendant une semaine sans nourriture. Une fois, il m'a attaché derrière la voiture avant de rouler sur l'autoroute, simplement parce que j'étais second ex æquo en latin.

— Quelle erreur avons-nous commise ? sanglota Mme Eliot en tirant sur ses cheveux teints en

mauve. Que diront les voisins s'ils l'apprennent ?
Ils riront de moi ! Je suis déshonorée !

— Mon père m'aurait tué si j'étais rentré avec
un carnet pareil, poursuivit M. Eliot. Il m'aurait
ligoté sur les rails du chemin de fer en attendant le
passage de l'express de 11 h 05...

— Nous pourrions prétendre n'avoir jamais eu
de fils, gémit Mme Eliot. Ou qu'il a été emporté
par une maladie rare. Ou encore qu'il est tombé
d'une falaise. »

M. et Mme Eliot n'étaient décidément pas les
parents rêvés.

Edward Eliot, petit, gras et chauve, la moustache
hérissée et une verrue dans la nuque, dirigeait une
banque, dans la City de Londres. Eileen Eliot le
dépassait d'une tête, très mince, avec des dents de
porcelaine et des faux cils. Ils étaient mariés depuis
vingt-neuf ans et avaient sept enfants. Les six sœurs
aînées de David avaient toutes quitté la maison.
Trois étaient mariées et trois avaient émigré en
Nouvelle-Zélande.

Assis au bout de la table en noyer verni, David
grignotait une noix, la seule chose à laquelle il ait
eu droit. Il était petit pour son âge et très menu,
sans doute à cause du régime végétarien auquel il
était soumis (sans pour autant raffoler des légu-
mes). Il avait les cheveux bruns, les yeux bleu-vert

et des taches de rousseur. Il se serait décrit lui-même comme petit et moche, mais les filles le trouvaient mignon – ce qui, dans son esprit, était encore pire.

Depuis une demi-heure ses parents parlaient comme s'il n'était pas là. Mais, lorsque sa mère servit le plat principal (une tarte aux poireaux et aux asperges arrosée de jus de carotte râpée), son père se tourna vers lui.

« David, dit-il en plissant les yeux, ta mère et moi avons discuté de ton carnet de notes et nous ne sommes pas contents.

— Pas du tout ! renchérit Mme Eliot en fondant en larmes.

— J'ai donc décidé de prendre des mesures. Crois-moi, si ton grand-père était encore vivant, il te pendrait par les pieds, la tête en bas, dans le réfrigérateur. C'est ce qu'il me faisait lorsque j'osais éternuer sans permission ! Mais j'ai décidé d'être moins sévère.

— C'est vrai ! Ton père est un ange ! renifla Mme Eliot dans son mouchoir en dentelle.

— J'ai décidé, en ce qui te concerne, d'annuler Noël cette année. Il n'y aura ni chaussons dans la cheminée, ni cadeaux, ni dinde, ni neige.

— Pas de neige ? s'étonna Mme Eliot.

— Pas dans notre jardin, en tout cas. S'il en

tombe, je la ferai enlever. J'ai déjà rayé le 25 décembre de mon agenda. Cette famille passera directement du 24 au 26 décembre. Mais nous aurons deux 27 pour compenser.

— Je ne comprends pas, dit Mme Eliot.

— Ne m'interromps pas, mon trésor, gronda M. Eliot en tapotant de sa cuiller le bord de son assiette. Sans la présence de ta mère, poursuivit-il à l'adresse de David, je te donnerais une bonne correction. À mon avis, on ne donne pas assez de coups de fouet dans cette maison. Moi j'étais fouetté chaque jour, étant enfant, et ça ne m'a pas fait de mal.

— Ça t'a quand même un peu marqué, rectifia Mme Eliot à voix basse.

— Idioties ! rugit M. Eliot en écartant de la table son fauteuil roulant électrique. Ça a fait de moi l'homme que je suis !

— Mais, chéri, tu ne peux pas marcher...

— Un prix dérisoire à payer en échange de manières parfaites ! »

Il brancha le moteur de son fauteuil et roula vers David avec un petit ronronnement.

« Alors ? ajouta-t-il. Qu'as-tu à dire ? »

David prit une profonde inspiration. Le moment qu'il avait redouté toute la soirée était arrivé.

« Je ne peux pas retourner à l'école, dit-il.

« — Tu ne peux pas ou tu ne veux pas ?

— Je ne peux pas, répondit David en tirant de sa poche une lettre pour la tendre à son père. J'allais te le dire. J'ai été renvoyé.

— Renvoyé ? Expulsé ! »

Edward Eliot se tassa dans son fauteuil. Il poussa accidentellement les manettes et recula dans la cheminée. Mme Eliot, qui s'apprêtait à boire une gorgée de vin, poussa alors un petit cri étranglé et renversa le verre sur sa robe.

« Je ne m'y plaisais pas, de toute façon », reprit David.

En temps normal, il n'aurait jamais osé dire une chose pareille. Mais il était déjà dans de si mauvais draps qu'il ne risquait plus rien...

« Tu ne t'y plaisais pas, hein ? hurla son père en renversant une carafe d'eau sur lui pour éteindre le feu. Le collège Beton est le meilleur du pays ! Tous les gens bien vont à Beton ! Sais-tu combien cela me coûte de t'envoyer là-bas ? Douze mille livres par trimestre, voilà ce que cela me coûte ! Je suis allé à Beton. Ton grand-père y a fait deux scolarités tellement ça lui plaisait. Et tu oses me dire ça en face, tranquillement... ! »

Sa main avait trouvé le couteau à découper et il l'aurait lancé sur son fils unique si Mme Eliot ne s'était jetée sur lui la première. Elle prit six centimètres de lame d'acier dans la poitrine.

« Pourquoi n'aimes-tu pas Beton ? » poursuivit M. Eliot tandis que sa femme s'écroulait sur le tapis.

David déglutit. Il avait déjà repéré la porte de sortie du coin de l'œil. Si les choses tournaient vraiment mal, il pourrait toujours filer dans sa chambre.

« Je trouve cet endroit idiot, répondit-il. Je n'aime pas être obligé de dire bonjour aux professeurs de latin. Je n'aime pas nettoyer les chaussures des autres garçons, porter un chapeau haut de forme et une queue-de-pie, ni manger en équilibre sur une jambe sous prétexte que j'ai moins de treize ans. En plus, il n'y a même pas de filles. Je trouve ça bizarre. Et puis, je n'aime pas tous ces règlements stupides. Quand j'ai été renvoyé, ils ont coupé ma cravate en deux et peint ma veste en jaune devant tout le collège...

— Mais c'est la tradition ! s'étrangla M. Eliot. C'est ainsi dans tous les collèges privés. C'est ce qui me plaisait tant à Beton. Ça ne m'ennuyait pas qu'il n'y ait pas de filles. Quand j'ai épousé ta mère, je ne savais même pas ce qu'était une fille. Il m'a fallu dix ans pour le découvrir ! »

M. Eliot se pencha pour retirer le couteau de la poitrine de sa femme, et s'en servit pour décacheter la lettre.

M. Eliot,

Je suis au regret de vous annoncer que j'ai dû renvoyer votre fils, David, pour cause de socialisme constant et délibéré.

Quid te exempta iuvat spinis de pluribus una ?

Sincères salutations.

*Le directeur,
collège Beton.*

« Que dit la lettre ? marmonna Mme Eliot en se redressant péniblement.

— Socialisme ! »

M. Eliot tenait la lettre entre ses doigts tremblants. D'un geste brusque il la déchira. Son coude atteignit violemment sa femme dans l'œil.

« Je ne veux pas aller dans une école privée, dit David d'un air misérable. Je veux aller dans une école normale avec des gens normaux et... »

Il ne continua pas plus loin. Son père avait actionné les manettes de son fauteuil roulant et il se dirigeait rapidement sur lui en pointant le couteau. Mme Eliot poussa un cri de douleur : son mari venait tout simplement de lui rouler dessus. David bondit vers la porte, la franchit, et la claqua derrière lui.

« Si j'avais parlé ainsi à mon père, il m'aurait fait avaler un litre d'essence et puis... »

David n'en écouta pas davantage. Il monta dans sa chambre et se jeta sur son lit. Du rez-de-chaussée lui parvinrent des bruits de vaisselle cassée et les cris de ses parents qui se querellaient.

C'était fini. La scène avait été moins pénible qu'il ne l'avait craint. Pourtant, étendu dans la pénombre, David ne put s'empêcher de se demander si le pire n'était pas à venir.

2

Le prospectus

Le lendemain matin, un semblant de sérénité était revenu dans la maison Eliot. David n'osait pourtant pas s'aventurer hors de sa chambre, mais ses parents étaient, eux, attablés devant leur petit déjeuner comme si rien ne s'était passé.

« Tu te sens mieux aujourd'hui, mon petit pot de miel aux noisettes et aux fruits secs ? demanda tendrement Mme Eliot.

— Je ne suis pas du müesli, rétorqua M. Eliot en s'en servant justement une portion. Et cette blessure, ma chère ?

— Pas trop douloureuse, merci, mon chéri », répondit Mme Eliot.

Ils mangèrent leurs céréales en silence. Comme à son habitude, M. Eliot lut le *Financial Times* de la première à la dernière page, en grinçant des dents, en pouffant, et parfois en gloussant lorsqu'il découvrait que l'un de ses clients venait de faire faillite. En face de lui, Mme Eliot, vêtue d'un peignoir rose vif assorti à ses bigoudis, se cachait derrière le *Daily Mail* et versait un petit verre de vodka dans son bol de céréales. Elle aimait son petit déjeuner relevé.

Ce n'est qu'au moment d'entamer leur œuf à la coque qu'ils se souvinrent de David. M. Eliot était en train de fendiller la coquille avec une petite cuiller quand, tout à coup, son regard étincela, sa moustache frémit.

« David..., grogna-t-il.

— Veux-tu que je l'appelle ? proposa Mme Eliot.

— Qu'allons-nous faire de lui ? » dit M. Eliot en recommençant à marteler son œuf, mais trop fort cette fois.

L'œuf explosa, éclaboussant Mme Eliot. Avec un soupir sonore, M. Eliot jeta sa cuiller et plaqua violemment sa main sur le *Financial Times*.

« J'ai toujours espéré qu'il prendrait ma suite

dans la banque, reprit-il. C'est pourquoi je lui avais offert une calculette de poche pour ses sept ans, et un attaché-case pour ses huit ans. Depuis dix ans, chaque Noël, je lui fais la faveur spéciale de l'emmener à la Bourse. Et quels remerciements en ai-je ? Hein ? Renvoyé du collège ! rugit M. Eliot en saisissant le journal qu'il déchira en mille morceaux. Lessivé ! Fini ! »

À ce moment, on entendit dans le hall le bruit du courrier tombant dans la boîte aux lettres. Mme Eliot alla le chercher, pendant que son mari continuait de fulminer tout seul.

« Si je pouvais trouver une école pour le dresser, marmonna-t-il. Pas un de ces endroits ramollis d'aujourd'hui, mais un établissement où l'on croit encore à la discipline. Dans ma jeunesse, je savais ce que la discipline voulait dire ! De nos jours, la plupart des enfants ne savent même pas épeler le mot. Le fouet ! Voilà ce qui leur manque ! Un bon coup de badine sur les fesses... ! »

Mme Eliot revint dans la salle à manger avec l'habituelle brassée de factures et une grande enveloppe marron.

« *Groosham Grange,* murmura-t-elle d'un air dubitatif.

— Comment ?

— C'est ce qui est écrit là, expliqua-t-elle en lui

tendant l'enveloppe. Elle a été postée du Norfolk. »

M. Eliot brandit un couteau – sa femme plongea immédiatement sous la table – mais il se contenta de décacheter l'enveloppe.

« Étrange..., murmura-t-il.

— Qu'est-ce que c'est, mon très cher ? questionna nerveusement Mme Eliot en risquant un œil par-dessus la table.

— Un prospectus... pour un collège de garçons, répondit M. Eliot en roulant son fauteuil devant la fenêtre par où le soleil pénétrait à flots. Mais comment quelqu'un peut-il savoir que nous cherchons justement une nouvelle école pour David ?

— Peut-être par le collège Beton ? suggéra sa femme.

— Je suppose... »

M. Eliot ouvrit la brochure. Une lettre en glissa. Il la déplia et lut à haute voix :

« Cher M. Eliot,

Vous êtes-vous jamais demandé où trouver un collège qui dresserait votre fils ? Pas un de ces endroits ramollis d'aujourd'hui, mais un établissement qui croit encore à la discipline *? Et vous est-il jamais venu à l'idée que, de nos jours, la plupart des enfants ne savent même pas épeler le mot* discipline*... ? »*

M. Eliot abaissa la lettre.

« Dieu du ciel ! s'exclama-t-il. C'est extraordinaire !

— Quoi ? demanda Mme Eliot.

— J'employais exactement les mêmes termes il y a quelques instants à peine ! Presque mot pour mot !

— Continue », dit Mme Eliot.

M. Eliot reprit la lettre :

« *Permettez-nous de vous présenter Groosham Grange. Comme l'indique la brochure ci-jointe, nous sommes un pensionnat et nous offrons un environnement unique à des enfants âgés de douze à seize ans, qui se sont montrés réfractaires aux méthodes modernes d'enseignement.*

Groosham Grange est situé sur une île privée, au large de la côte du Norfolk. Aucun service régulier de ferry ne dessert l'île, il n'y a donc pas de congés fixes. En réalité, les élèves n'ont droit qu'à un seul jour de vacances par an. Les parents ne sont jamais invités à l'école, sauf en cas de circonstances exceptionnelles, et seulement s'ils savent nager.

Je suis certain que votre fils profitera pleinement des excellentes méthodes de Groosham Grange et du niveau élevé d'études. J'attends avec impatience de vos nouvelles dans la prochaine demi-heure.

Sincèrement vôtre.

John Kilgraw,
directeur adjoint.

— Une demi-heure ? s'exclama Mme Eliot. Ça ne nous laisse guère de temps pour prendre une décision.

— La mienne est déjà prise, aboya M. Eliot. Un seul jour de vacances par an ! Ça, c'est une idée ! »

Il feuilleta le prospectus qui, curieusement, ne contenait aucune photo et qui était rédigé à l'encre rouge sur une sorte de parchemin.

« Écoute ça ! reprit M. Eliot. Ils enseignent toutes les matières, avec un accent particulier sur la chimie, l'histoire ancienne et les études religieuses. Ils ont deux laboratoires de langues, une salle d'informatique, un gymnase entièrement équipé, et c'est l'unique établissement du pays à posséder son propre cimetière ! Ils ont des classes d'art dramatique, de musique, de cuisine, de modelage... et même un cours d'astronomie.

— À quoi sert un cours de gastronomie ? s'étonna Mme Eliot.

— J'ai dit "astronomie", l'étude des étoiles, femme stupide ! corrigea M. Eliot en lui donnant un coup de brochure sur la tête. C'est la meilleure chose qui soit arrivée cette semaine. Apporte-moi le téléphone. »

M. Eliot composa le numéro qui était inscrit au bas de la lettre. Il y eut un chuintement, puis une série de déclics. Mme Eliot poussa un soupir. M. Eliot chuintait et cliquetait toujours quand il était excité. Et quand il était de très, très bonne humeur, il sifflait avec son nez.

« Allô ? dit-il lorsque la communication fut établie. Puis-je parler avec John Kilgraw ?

— C'est moi-même, répondit une voix douce, presque un murmure. Monsieur Eliot, je suppose ?

— Heu... oui, oui en effet. C'est exact, répondit M. Eliot, assez stupéfait. J'ai reçu votre prospectus ce matin.

— Avez-vous pris une décision ?

— Absolument. J'aimerais inscrire mon fils dès que possible. Entre nous, monsieur Kilgraw, David m'a causé une grande déception. Une immense déception. Depuis des années j'attends qu'il marche sur mes pas, du moins sur les traces de mon fauteuil roulant puisque je ne peux pas marcher. Il va bientôt avoir treize ans et pourtant le métier de banquier ne semble pas du tout l'intéresser.

— Ne vous inquiétez pas, monsieur Eliot, répondit la voix de son correspondant, apparemment dénuée d'émotion. Après quelques trimestres à Groosham Grange, je suis certain que vous trouverez en votre fils... une personne très différente.

— Quand peut-il commencer ?

— Que diriez-vous d'aujourd'hui ?

— Aujourd'hui ? » s'exclama Mme Eliot qui se tordait le cou pour écouter dans le récepteur.

M. Eliot lui en donna un coup qui l'atteignit derrière l'oreille. Mme Eliot tomba à la renverse.

« Excusez-moi, monsieur Kilgraw, reprit M. Eliot. C'était juste la tête de ma femme. Avez-vous bien dit "aujourd'hui" ?

— Oui. Il y a un train qui part de Liverpool Street pour King's Lynn, à une heure cet après-midi. Deux autres élèves doivent le prendre. David pourrait voyager avec eux.

— Magnifique ! Voulez-vous que je l'accompagne ?

— Oh non, monsieur Eliot, répondit la voix d'un ton narquois. Nous n'encourageons pas les visites des parents à Groosham Grange. Nos élèves réagissent plus positivement s'ils sont complètement détachés de leur cadre et de leur famille. Bien sûr, si vous désirez entreprendre ce long et fastidieux trajet...

— Non, pas du tout ! Je le mettrai dans un taxi pour aller à la gare. Et puis non, à la réflexion, il prendra le bus.

— Alors nous l'attendrons ici ce soir. Au revoir, monsieur Eliot. »

La ligne fut coupée.

« Ils l'ont accepté ! » exulta M. Eliot.

Mme Eliot lui tendit le téléphone pour qu'il raccroche le récepteur. Ce faisant, il lui écrasa accidentellement trois doigts.

C'est alors que David entra, vêtu d'un tee-shirt et d'un jean. Il s'assit nerveusement à sa place et tendit la main vers le paquet de céréales.

Au même moment son père avança brusquement, et projeta le müesli par-dessus son épaule. Pendant ce temps, Mme Eliot plongeait ses doigts endoloris dans la carafe de lait. David soupira. Apparemment, il allait devoir se priver de petit déjeuner.

« Tu n'as pas le temps de manger, déclara M. Eliot. Remonte dans ta chambre et fais tes bagages.

— Je pars où ? demanda David.

— Dans une merveilleuse école que j'ai trouvée pour toi. Emballe ta mère et embrasse tes affaires. Heu !... non. Emballe tes affaires et embrasse ta mère. Ton train part à une heure. »

Mme Eliot s'était mise à pleurer, sans savoir si elle pleurait parce que son fils partait, parce qu'elle avait mal aux doigts ou encore parce qu'elle s'était coincé la main dans la carafe de lait. David savait que, de toute façon, cela ne servait à rien d'argumenter. La dernière fois qu'il avait essayé, son père l'avait enfermé dans sa chambre et avait cloué la porte. Il avait fallu deux menuisiers et une brigade de sapeurs-pompiers pour le délivrer. En silence, David se leva et quitta la pièce.

Il ne lui fallut pas longtemps pour faire ses bagages. Il n'avait pas l'uniforme du nouveau collège et ne savait quels livres emporter. Il n'était ni content ni particulièrement triste. Après tout, son père avait déjà supprimé Noël et, quelle que fût cette nouvelle école, la vie ne pouvait y être pire que chez lui.

Cependant, tout en rangeant ses affaires, David éprouva une curieuse sensation. On l'observait. Il en était certain.

Il ferma sa valise, se dirigea vers la fenêtre et regarda dehors. Sa chambre donnait sur le jardin qui était entièrement décoré de plantes en plastique, car sa mère était allergique aux fleurs. Et là, au milieu de la pelouse artificielle, il le vit. C'était un corbeau, ou peut-être une corneille, en tout cas le plus gros oiseau qu'il eût jamais vu. Noir comme du charbon, ses plumes pendaient sur lui comme une cape en haillons. L'oiseau levait la tête et le fixait de ses yeux luisants.

Au moment où David se pencha pour ouvrir la fenêtre, l'oiseau poussa un étrange croassement, prit son envol et s'éloigna au-dessus des toits. Alors David se prépara à partir.

3

Compagnons de voyage

David arriva à la gare de Liverpool Street à midi. Fidèle à sa parole, son père l'y avait envoyé en autobus. Sa mère n'avait pu l'accompagner. Elle avait piqué une crise de nerfs sur le pas de la porte et M. Eliot avait dû lui briser une bouteille de lait sur la tête pour la calmer. Ainsi David était-il seul lorsqu'il traversa le hall de la gare pour se mêler à la file d'attente et prendre son billet.

C'était une longue file... plus longue que tous les trains dans lesquels s'apprêtaient à monter tous ces voyageurs en attente. David dut patienter une vingtaine de minutes avant d'atteindre le guichet et il dut ensuite courir pour attraper son train. Une place lui avait été réservée par l'école.

Il eut à peine le temps de hisser sa valise dans le porte-bagages et de s'asseoir, un coup de sifflet retentit et le train démarra. David colla son visage contre la vitre. Lentement la locomotive gagna de la vitesse et Londres défila dans un bruit de ferraille. Il avait commencé à pleuvoir. La scène lui aurait paru à peine plus lugubre s'il avait cheminé dans un corbillard, pour son propre enterrement.

Une demi-heure plus tard le train quitta la banlieue et fila au milieu de champs mornes. Tous les champs se ressemblent lorsqu'on les regarde au travers d'une vitre, surtout lorsque cette vitre est recouverte d'un centimètre de crasse. David n'avait pas eu le temps de s'acheter un album de bandes dessinées. D'ailleurs ses parents ne lui avaient pas donné d'argent. Découragé, il se tassa sur son siège et se prépara à endurer les trois heures de trajet jusqu'à King's Lynn.

Alors seulement, il remarqua les deux autres passagers assis dans le compartiment, tous deux du même âge que lui, tous deux apparemment aussi moroses que lui. L'un était un gros garçon avec des lunettes rondes cerclées de métal. Il portait un pantalon d'uniforme de collège et un énorme tricot, si épais que l'on se demandait si un mouton n'était pas caché quelque part à l'intérieur. Il avait de longs cheveux bruns ébouriffés qui lui donnaient l'air de sortir de la machine à laver. Dans une main il tenait une barre de Mars à moitié mangée, dont le caramel coulait sur ses doigts.

L'autre passager était une fille. Elle avait un visage rond de garçonnet, avec de courts cheveux bruns et des yeux bleus. Dans son genre elle était très jolie, au goût de David ; du moins elle l'aurait été avec des habits moins bizarres. Le cardigan qu'elle portait aurait pu appartenir à sa grand-mère, son pantalon à sa mère. Quant à son manteau, elle aurait pu le renvoyer à l'expéditeur, quel qu'il fût, car il avait visiblement plusieurs tailles de trop. Elle lisait un magazine. En jetant un coup d'œil sur la couverture, David s'aperçut avec surprise qu'il s'agissait de *Cosmopolitan*. Jamais sa mère n'aurait permis que *Cosmopolitan* franchisse le seuil de la maison. Elle déclarait totalement désapprouver « toutes ces femmes modernes », mais la mère de David datait, il faut bien le dire, de l'ère préhistorique, ou presque.

Ce fut la fille qui, la première, rompit le silence.
« Je m'appelle Jill, dit-elle.
— Moi David.
— Et moi J... J... Jeffrey. »

Que ce gros garçon bégaie n'avait, bizarrement, rien de surprenant.

« Je suppose que vous allez dans cette Grange de malheur ? reprit Jill en feuilletant son magazine.

— Groosham, je crois, précisa David.

— Je suis sûre que ça va être horrible. C'est ma quatrième école en trois ans et c'est la seule qui n'accorde pas de vacances.

— Un... un... un jour par an, bredouilla Jeffrey.

— Un... un... un jour me suffira, dit Jill. À peine arrivée, je repartirai.

— À la nage ? demanda David. C'est une île, n'oublie pas.

— Je nagerai jusqu'à Londres, s'il le faut », déclara Jill.

La glace était rompue ; chacun raconta son histoire et comment il avait échoué dans ce train en partance pour la côte du Norfolk. David commença le premier. Il parla du collège Beton, des circonstances de son renvoi et de la réaction de ses parents.

« Je... je... j'étais aussi dans une école p... p... privée, dit Jeffrey. Et on m'a aussi renvoyé. On m'a p... p... pris en train de fumer, derrière le vestiaire de cricket.

— C'est stupide de fumer, décréta Jill.

— Ce n'était pas ma f... f... faute. La b... b... brute de l'école venait de mettre le feu à ma chemise, expliqua Jeffrey en retirant ses lunettes pour les essuyer sur sa manche. On me fait t... t... toujours des farces parce que je suis g... g... gros, que je porte des lunettes et que je b... b... bégaie. »

L'école privée de Jeffrey s'appelait le collège Sansdieu, situé dans le Nord de l'Écosse. Ses parents l'y avaient envoyé dans l'espoir de l'endurcir.

Dure, cette pension l'était, en effet. Douches glacées, course à pied de vingt kilomètres, porridge quatorze fois par semaine. Et encore, il s'agissait là d'un régime de faveur pour les enseignants. Car les élèves, eux, devaient en outre faire vingt-cinq pompes chaque matin avant la messe, et vingt et une pendant. Le principal inspectait les classes en tenue léopard et le professeur de gymnastique venait chaque jour à l'école à vélo, exploit remarquable puisqu'il habitait dans les Midlands.

Le pauvre Jeffrey s'était révélé incapable de soutenir ce rythme et le dernier jour du trimestre avait été pour lui réellement le dernier. Le lendemain de son expulsion, son père avait reçu un prospectus de Groosham Grange, mais avec une lettre d'accompagnement bien différente de celle de David. Groosham Grange y apparaissait à la fois comme un complexe sportif, une salle de massages et un camp d'entraînement militaire.

« Mon père a également reçu une lettre, dit Jill. Mais on y présentait Groosham Grange comme un collège très chic, où je pourrais apprendre les bonnes manières, la broderie, et autres bagatelles de ce genre. »

Le père de Jill était un diplomate en poste en Amérique du Sud. Sa mère était actrice. Ni l'un ni l'autre ne s'attardait à la maison et Jill ne leur parlait qu'au téléphone. Une fois, sa mère l'avait croisée dans la rue sans la reconnaître. Mais, comme les parents de David, ceux de Jill étaient bien décidés à lui donner une bonne éducation, et ils l'avaient successivement envoyée dans trois écoles privées.

« Je me suis enfuie des deux premières, expliqua Jill. La troisième était une sorte d'école terminale, en Suisse. Je devais apprendre à composer des bouquets de fleurs et à cuisiner, mais je n'étais pas douée. Mes fleurs fanaient avant que je les touche et j'ai intoxiqué le professeur de cuisine avec un de mes plats.

— Que s'est-il passé ensuite ? demanda David.

— Les directeurs de l'école terminale ont

décrété qu'il n'y avait plus rien à faire. Ils m'ont renvoyée à la maison. C'est alors que la lettre est arrivée. »

Le père de Jill avait sauté sur l'occasion. En fait, il avait sauté dans un avion pour repartir en Amérique du Sud. Sa mère n'était même pas rentrée à la maison. On venait de lui confier deux rôles dans une pantomime de Noël (*Le Coche et la Mouche du coche du Père Noël*) et elle était trop absorbée pour se soucier d'autre chose. La nounou allemande de Jill s'était occupée de toutes les démarches, sans vraiment comprendre de quoi il s'agissait. Et voilà.

Quand chacun eut raconté son histoire, David se dit qu'ils avaient tous trois au moins un point commun. D'une manière ou d'une autre, ils étaient des enfants « difficiles ». Mais comment savoir ce qui les attendait à Groosham Grange ? La lettre adressée à ses parents parlait d'un établissement à l'ancienne mode réservé aux garçons. Celle adressée aux parents de Jeffrey dépeignait une sorte de camp d'entraînement. Quant aux parents de Jill, ils croyaient envoyer leur fille dans un collège chic pour jeunes filles.

« On dirait trois écoles différentes, et pourtant il s'agit de la même, remarqua David.

— Il y a autre chose de b... b... bizarre, ajouta Jeffrey. Ils parlent d'une île près du N... N... Norfolk. J'ai regardé sur une carte et il n'existe aucune île à cet endroit. Pas une seule. »

Ils pensèrent à la question en silence pendant quelques instants. Le train s'était arrêté dans une gare et l'agitation régnait dans le couloir à cause des voyageurs qui montaient et descendaient.

« Écoutez, reprit David. Aussi pénible que soit ce collège de Groosham Grange, au moins nous y serons ensemble. Nous devrions conclure un pacte. Nous resterons solidaires... nous contre eux.

— Comme les trois m... m... mousquetaires ? demanda Jeffrey.

— En quelque sorte, oui. Nous ne le dirons à personne. Ce sera comme une société secrète. Et, quoi qu'il arrive, chacun pourra compter sur les deux autres.

— J'ai quand même bien l'intention de m'enfuir, marmonna Jill.

— Nous filerons peut-être avec toi. En tout cas, nous pourrons t'aider.

— Je t... te prêterai m... m... mon maillot de bain », dit Jeffrey.

Jill jeta un coup d'œil à sa taille épaisse, en se disant que le maillot lui serait plus utile comme parachute, mais elle garda sa réflexion pour elle.

« D'accord, dit Jill. Nous contre eux.

— N... n... nous contre eux, répéta Jeffrey.

— Nous contre eux », dit David en tendant le bras.

Ils se serrèrent la main.

À cet instant, la porte du compartiment s'ouvrit. Un jeune homme entra. La première chose que remarqua David fut son col blanc. C'était un prêtre. La seconde chose fut la guitare.

« La place est libre ? s'enquit le nouveau venu en désignant un siège vide.

— Oui », répondit David en regrettant de n'avoir pas menti.

C'était la dernière chose qu'il souhaitait en ce moment : la présence d'un prêtre-chanteur. Mais il était évident que la place était libre.

Le jeune homme s'avança, avec un de ces larges sourires horripilants.

Âgé d'une trentaine d'années, il avait des joues roses et fraîches, des cheveux blonds, une barbe et des dents exceptionnellement brillantes. Outre le col blanc, il portait une croix en argent, un médaillon de saint Christophe et un insigne « anti-nucléaire ». Au lieu de poser sa guitare dans le porte-bagages, il l'appuya contre le siège.

« Je suis le père Percival, annonça-t-il comme si quelqu'un semblait le moins du monde intéressé. Mais vous pouvez m'appeler Jimbo. »

David regarda sa montre en poussant un grognement. Il leur restait encore deux heures avant King's Lynn et déjà le prêtre s'échauffait la voix comme s'il s'apprêtait à chanter d'une seconde à l'autre.

« Où allez-vous, les enfants ? En vacances tous les trois ? Une petite sortie ?

— Nous allons à l'éc... éc... école, répondit Jeffrey.

— À l'école ? Génial ! Super ! » s'exclama le prêtre.

Il s'aperçut soudain, à leur mine, qu'aucun d'eux ne trouvait cela ni génial ni super.

« Allons, courage ! reprit-il. La vie est un grand voyage et vous faites le trajet en première classe quand vous voyagez avec Jésus.

— Je croyais que votre nom était Jimbo, grommela Jill.

— Écoutez-moi, poursuivit le prêtre en ignorant le sarcasme. Je sais comment vous remonter le moral, à vous les jeunes. »

Il empoigna sa guitare et pinça les cordes. Elle était horriblement désaccordée.

« Que diriez-vous de quelques cantiques ? J'ai moi-même composé celui-là. Je l'appelle *Jésus, tu es mon pote*. Voilà ce que ça donne... »

Dans l'heure qui suivit, Jimbo joua six morceaux de sa composition, puis : *En avant, soldats du*

Christ, Tout est beau et lumineux et, comme le 25 décembre approchait, une douzaine de noëls. Enfin, il s'arrêta et reposa sa guitare sur ses genoux. David retint son souffle, priant pour qu'il ne termine pas par un sermon ou, pire encore, en passant dans tout le wagon pour faire la quête. Mais il semblait aussi exténué qu'eux.

« C'est vraiment super ! reprit-il pourtant. Alors dites-moi, Dave, Jeff et Jilly, dans quelle école allez-vous ?

— Groosham Grange, répondit David.

— Groosham Grange ? »

Le prêtre resta bouche bée. En une seconde, toute couleur déserta son visage. Ses yeux s'arrondirent et l'une de ses joues, maintenant livides, fut agitée d'un tressaillement nerveux. « Groosham Grange ? » répéta-t-il dans un murmure. Tout son corps se mit à trembler. Lentement ses cheveux se hérissèrent.

L'homme était terrifié. David l'observa. Jamais il n'avait vu une personne aussi épouvantée. Qu'est-ce qui pouvait lui causer une telle frayeur ? Il avait seulement mentionné le nom de l'école. Or, le prêtre le dévisageait comme s'il était le Diable.

« Grooossss... »

Le prêtre tenta de prononcer le nom une troisième fois, mais les mots moururent sur ses lèvres qui sifflèrent comme un ballon crevé.

Son cou avait viré au violet et il devint évident, aux soubresauts de son corps, qu'il ne pouvait plus respirer.

« Sssss... », le gémissement s'arrêta.

Les mains du prêtre, soudain recourbées comme des serres, se crispèrent sur son cœur. Puis il s'affaissa jusqu'à terre dans un fracas discordant de bois cassé et de cordes de guitare écrasée.

« Zut, dit Jill. Je crois qu'il est mort. »

4

L'île du Crâne

En réalité, le prêtre avait été victime d'une sévère crise cardiaque mais il n'était pas mort. Le contrôleur téléphona pour appeler des secours et, à la gare de King's Lynn, une ambulance l'attendait sur le quai.

David, Jill et Jeffrey aussi étaient attendus. Lorsqu'ils aperçurent l'individu qui les cherchait du regard, ils regrettèrent de n'avoir pas pris l'ambulance.

L'homme était atrocement déformé. Un terrible accident de voiture suivi d'une chute dans une essoreuse industrielle n'aurait pu qu'améliorer son état. Il était haut (ou plutôt court) d'environ un mètre cinquante, car sa tête se trouvait plus près du sol que ses épaules. Cette anomalie était autant due à son cou, qui semblait avoir été brisé, qu'à son dos bossu. Il avait un seul œil, quelques centimètres plus bas qu'il aurait fallu, une joue enflée, l'autre creuse, et le cheveu rare. Il portait une ample veste en cuir et un pantalon très large. Les gens qui le croisaient dans la gare faisaient un tel effort pour ne pas le regarder qu'une malheureuse femme tomba du quai. En vérité, il était extrêmement difficile de remarquer autre chose. Et il brandissait une pancarte où l'on pouvait lire : *Groosham Grange*. Le cœur chaviré, David s'approcha, suivi de Jill et Jeffrey.

« Je m'appelle Gregor, dit l'homme d'une voix gutturale qui ressemblait à un gargouillis. Avez-vous fait bon voyage ? »

David dut lui faire répéter sa phrase qui sonnait plutôt comme : « Ahhrvévou vérr bonn rrroyache ? » Quand il eut compris, il répondit d'un simple hochement de tête. Les mots lui manquaient.

« Apportez vos bagages, jeunes maîtres, gargouilla Gregor. La voiture est dehors. »

C'était un corbillard.

On l'avait repeint et l'on avait inscrit le nom de l'école sur le côté, mais il était impossible de masquer sa forme, le coffre arrière long et plat destiné à recevoir de sinistres chargements. Les passants non plus n'étaient pas dupes. En apercevant les trois enfants roulant en direction de leur nouveau collège, ils s'arrêtaient dans un silence respectueux en ôtant leur chapeau. David se demanda s'il n'était pas victime d'un horrible cauchemar et s'il n'allait pas se réveiller d'une minute à l'autre dans son lit de la villa Wiernotta. Il se pinça discrètement. En vain. Le bossu jura et klaxonna derrière une camionnette, puis brûla un feu rouge.

Gregor était un conducteur très particulier. Sa taille et la forme de son corps l'empêchaient pratiquement de voir par-dessus le volant. Les piétons dans la rue devaient croire que le corbillard roulait tout seul. Ce fut un miracle s'ils ne renversèrent personne. David, assis à l'avant, se surprit à observer Gregor. Il rougit lorsque celui-ci tourna la tête en souriant.

« Vous vous demandez comment j'en suis venu à ressembler à ça, jeune maître ? remarqua l'homme. Eh bien, je suis né ainsi. Répugnant de naissance. Ma mère en a eu une crise de nerfs. Pauvre maman ! Pauvre Gregor ! »

Il donna un brusque coup de volant et ils bifur-
quèrent pour éviter un embouteillage.

« Quand j'ai eu votre âge, poursuivit Gregor, j'ai
essayé de me faire engager dans un cirque. Mais ils
ont trouvé que j'étais surqualifié. Alors je suis
devenu coursier à Groosham Grange. J'adore
Groosham Grange. Vous aussi, vous aimerez
Groosham Grange, jeune maître. Tous les jeunes
maîtres aiment Groosham Grange. »

Ils avaient quitté la ville et suivaient maintenant
la côte en direction du nord. Ensuite David dut
somnoler car il remarqua tout à coup que le ciel
s'était assombri. Il crut qu'ils roulaient en pleine
mer. La voiture fendait des flots vert sombre. Il se
frotta les yeux et regarda par la vitre. Ce n'était pas
la mer mais d'immenses champs plats, déserts. Au
loin se dressait un grand moulin à vent, dont les
façades de bois blanc reflétaient les derniers rayons
du soleil couchant. David frissonna. Gregor avait
allumé le chauffage mais la désolation du paysage
semblait glacer l'air chaud.

Puis il vit la mer. La route (en réalité une piste
tout juste carrossable) menait à une jetée en bois
gondolé. Un bateau les attendait, à demi caché par
les hautes herbes. Un tas de casiers s'empilait sur

le pont, recouvert d'un filet crasseux. Une mouette tournait dans le ciel en poussant des cris déchirants. David se sentait lui-même assez broyé.

Gregor arrêta la voiture.

« Nous y sommes, jeunes maîtres », annonça-t-il.

Ils prirent leurs valises et descendirent. Le vent froid les fit frissonner. David se retourna pour observer le chemin qu'ils venaient d'emprunter, mais après quelques virages la route disparaissait totalement et il était impossible de se repérer. Ils se trouvaient quelque part dans le Norfolk, face à la mer du Nord. Sans le moulin à vent, ils auraient pu tout aussi bien être en Chine. Quelle différence cela aurait-il fait ?

« Accueillant, n'est-ce pas ? ironisa Jill.

— Où sommes-nous ?

— Dieu seul le sait. Le dernier village que j'ai vu s'appelait Hunstanton, mais c'était il y a une demi-heure, répondit Jill en resserrant son cardigan autour de ses épaules. J'espère seulement que nous allons arriver très vite.

— Pourquoi ?

— Parce que plus tôt nous arriverons, plus vite je repartirai. »

Un homme, qui venait d'apparaître sur le pont du bateau, sauta sur la jetée. Il portait des bottes montantes et une vareuse de pêcheur. Une barbe noire lui mangeait presque complètement le visage, aussi noire que ses yeux luisants qui les fixaient, sous une masse de cheveux emmêlés. Il avait une boucle en or à l'oreille gauche. Avec un sabre et un bandeau sur l'œil, on l'aurait cru tout droit sorti de *L'Île au trésor.*

« Tu es en retard, Gregor, constata-t-il.

— La circulation était mauvaise, Capitaine Baindesang.

— La mer est pire. Les courants sont traîtres, Gregor. Des courants traîtres et des vents traîtres. Et j'ai une femme traîtresse qui m'attend à la maison. Alors filons. (Il dénoua un cordage attaché au bout de la jetée.) Tout le monde à bord ! rugit-il. Hé, toi... le garçon ! Hisse l'ancre ! »

David fit ce qu'on lui demandait, bien que l'ancre fût si lourde qu'il crut ne jamais pouvoir la remonter. Un instant plus tard, ils prenaient le large. Le moteur toussait, crachotait, tout comme le Capitaine Baindesang. Les trois jeunes gens se tassèrent l'un contre l'autre à l'arrière du bateau. Jeffrey avait pris un vilain teint verdâtre.

« Je... je n'ai p... p... pas le p... p... pied marin, souffla-t-il.

— Ne t'inquiète pas ! gloussa le capitaine qui l'avait entendu. Le bateau non plus ! »

Un brouillard épais était tombé sur la mer. Ses

tentacules d'ouate blanche se tendaient vers le bateau pour l'absorber. En un instant le ciel disparut et tous les sons (les cris de la mouette, le moteur, le clapotis des vagues) devinrent étouffés, lointains. Puis, tout aussi soudainement qu'elle les avait engloutis, la brume se dissipa. Et l'île du Crâne apparut devant eux.

Cette île mesurait environ trois kilomètres de long et un kilomètre et demi de large. Une forêt touffue occupait la partie est. Au sud, une falaise se dressait à pic au-dessus de la mer écumeuse, couleur de craie au sommet mais d'un ocre boueux à la base. Un cordon de terre s'avançait et s'incurvait devant la falaise, et c'est sur ce point que le Capitaine Baindesang mit le cap. Une jetée y avait été construite. Une Jeep découverte attendait à proximité. Mais il n'y avait pas de comité d'accueil, ni aucun signe de l'école.

« Prêt à jeter l'ancre ! » cria le capitaine.

Supposant qu'il ne plaisantait pas, David s'en saisit. Baindesang tourna le gouvernail, mit le moteur en marche arrière et poussa un rugissement. David laissa glisser l'ancre. Jeffrey vomit par-dessus le bastingage.

Ils étaient arrivés.

« Par ici, jeunes maîtres, dit Gregor. Ce n'est pas loin. Un tout petit trajet en voiture. »

Gregor sauta le premier à terre et ouvrit la marche. Jeffrey lui emboîta le pas en traînant péniblement sa valise. David s'arrêta pour attendre Jill. Elle observait le Capitaine Baindesang qui avait déjà remonté l'ancre et quittait la jetée.

« Qu'est-ce que tu attends ? questionna David.

— Nous pourrions avoir besoin de ce bateau, un jour, murmura-t-elle. Je me demande s'il descend parfois à terre.

— Capitaine Baindesang, dit David en frissonnant. Drôle de nom.

— Très drôle, en effet. Mais pourquoi ça ne me fait pas rire ? je me le demande ! »

Jill tourna les talons et rejoignit la Jeep, d'un pas hésitant.

Il leur fallut dix minutes pour atteindre l'école. Le chemin grimpait en serpentant au flanc de la falaise, puis, en haut, suivait la lisière de la forêt. Jeffrey s'était hissé sur le siège avant, à côté de Gregor. David et Jill étaient assis à l'arrière et se cramponnaient tant qu'ils pouvaient. Chaque fois que la Jeep roulait sur une pierre ou dans une ornière (ce qui arrivait fréquemment), ils sautaient en l'air et retombaient lourdement. À l'arrivée, David savait ce que pouvait ressentir une salade. Cependant il oublia très vite son inconfort en découvrant Groosham Grange.

C'était un immense et lourd bâtiment, plus haut que large, un mélange ahurissant de remparts, de fenêtres à barreaux, de tours pointues, de toits pentus en ardoise grise, de gargouilles grimaçantes et de cheminées hideuses en brique. On aurait dit que les architectes de Westminster Abbey, de la gare Victoria et de l'usine à gaz de Brixton avaient accidentellement mêlé leurs plans pour arriver à ce résultat. Quand la Jeep stoppa devant la porte principale (un panneau en bois massif de trente centimètres d'épaisseur, garni de clous), le tonnerre gronda et un éclair zébra le ciel.

Au loin, un loup hurla.

Puis la porte s'ouvrit lentement en grinçant.

5

M. Kilgraw

Une femme se dressait sur le seuil. L'espace d'un instant, un éclair jeta sur son visage une lumière bleue. Elle sourit et David s'aperçut qu'elle était, finalement, un être humain. De fait, après les monstres qu'étaient Gregor et le Capitaine Baindesang, son apparence normale avait quelque chose de rassurant. Elle était petite et dodue, avec des joues rondes et des cheveux gris noués en chignon. Elle portait des vêtements démodés de style victorien, avec un col montant attaché sous le menton par une broche en argent. Environ cinquante ans, la peau ridée, des yeux qui clignaient derrière les demi-lunettes à monture d'or, elle rappela fugitivement à David sa grand-mère. Puis il remarqua la légère moustache qui ornait sa lèvre supérieure et il décida qu'elle lui rappelait aussi son grand-père.

« Bonjour ! Bonjour ! lança-t-elle d'une voix roucoulante. Tu dois être David. Toi Jill et toi Jeffrey. Bienvenue à Groosham Grange ! (Elle s'effaça pour les laisser entrer, puis referma la porte derrière eux.) Je suis Mme Windergast, l'intendante du collège. J'espère que le voyage n'a pas été trop fatigant ?

— Je suis fourbu, déclara Gregor.

— Je ne m'adressais pas à vous, repoussante créature, aboya l'intendante. Je parlais à ces chers, ces très chers enfants. Nos petits nouveaux ! »

David jeta un coup d'œil derrière elle, pour repérer les lieux. Ils se trouvaient dans un immense hall caverneux, aux murs lambrissés et couverts de tableaux moisis. Un vaste escalier montait vers un corridor obscur. La pièce était éclairée par un seul lustre. Il n'y avait pas d'ampoules mais, à la place, une centaine de bougies qui brûlaient en grésillant dans des supports en cuivre, et dont l'épaisse fumée noire étouffait le peu de clarté qu'elles diffusaient.

« Les autres sont déjà en train de dîner, annonça

Mme Windergast. J'espère que vous aimez le boudin au sang. (Un sourire radieux éclaira son visage. Elle ne leur laissa pas le temps de répondre.) Posez vos valises ici. Jill et Jeffrey, suivez-moi. Toi, David, M. Kilgraw, le directeur adjoint, désire te voir. Il aime accueillir personnellement ses nouveaux élèves. Mais un seul à la fois. Je suppose qu'il recevra les autres demain. »

Jill regarda David et haussa les épaules. Il comprit ce qu'elle s'efforçait de lui dire. Mme Windergast se montrait peut-être amicale à leur égard, mais il y avait une dureté dans sa voix qui laissait supposer qu'il valait mieux ne pas la contrarier. David vit Jill et Jeffrey traverser le hall et disparaître sous une voûte, puis il se dirigea vers la pièce que lui avait indiquée l'intendante. Il sentit sa gorge devenir sèche et se demanda pourquoi.

« Sans doute parce que je suis terrifié », se murmura-t-il à lui-même.

Il frappa à la porte.

Une voix, à l'intérieur, le pria d'entrer. Prenant une profonde respiration, David tourna la poignée. Il se retrouva dans un bureau tapissé de livres d'un côté, de tableaux de l'autre. Un grand miroir en pied trônait au milieu. Ce miroir avait quelque chose de bizarre. David le remarqua aussitôt sans pouvoir préciser son impression. Le verre avait été fêlé dans un coin et le cadre doré légèrement tordu.

Un étrange pressentiment faisait dresser les cheveux de David sur sa tête, comme s'ils voulaient s'arracher de son crâne et quitter la pièce au plus vite.

Il fit un effort pour détourner les yeux. Le mobilier du bureau était vieux et miteux. À cela, rien d'étrange : les professeurs semblaient toujours s'entourer de vieux meubles décrépits. Pourtant la poussière et les toiles d'araignée en prenaient ici vraiment trop à leur aise. Face à la porte, devant un rideau en velours rouge, un homme était assis à un bureau et lisait un livre. Il leva les yeux sur David, le visage dénué d'expression.

« Assieds-toi, je t'en prie », dit l'homme.

Il était impossible d'évaluer son âge. Sa peau était pâle et curieusement lisse, comme celle d'un mannequin de cire. Il portait un costume noir avec une chemise blanche et une cravate noire. Quand David s'assit, il referma le livre de ses longs doigts osseux. L'homme était incroyablement maigre. Ses gestes étaient lents et précautionneux. Il donnait l'impression qu'un simple souffle de vent, une toux, un éternuement pouvaient le briser en mille morceaux.

« Je suis M. Kilgraw, reprit-il d'une voix aussi

sèche qu'un vieil os. Je suis heureux de faire enfin ta connaissance, David. Nous nous réjouissons tous de t'avoir à Groosham Grange. »

David, lui, se réjouissait nettement moins, mais il n'en dit rien.

« L'école peut te paraître... inhabituelle, au premier coup d'œil, poursuivit M. Kilgraw. Anormale même. Mais crois bien, David, que nos enseignements et ce que nous pouvons t'offrir dépassent tes rêves les plus fous. Tu me suis ?

— Oui, monsieur. »

M. Kilgraw sourit. Du moins si l'on appelait un sourire cette torsion de la lèvre découvrant l'éclat de ses dents blanches.

« Ne nous résiste pas, David. Essaie de nous comprendre. Nous *sommes* différents. Mais tu l'es aussi. C'est pourquoi tu es ici. Le septième fils du septième fils. Cela fait de toi un être spécial, David. Mais jusqu'à quel point, tu le découvriras bientôt. »

David hocha la tête, cherchant la porte du coin de l'œil. Il n'avait pas bien saisi le sens des paroles de M. Kilgraw mais il était évident que l'homme était complètement dingue. S'il était vrai en effet que David avait six sœurs aînées et six horribles tantes (les sœurs de son père) qui lui offraient des cadeaux impossibles à Noël et qui le cajolaient et le tripotaient comme de la pâte à modeler, en quoi cela le rendait-il spécial ? Et comment l'avait-on choisi ? Jamais il n'aurait entendu parler de Groosham Grange s'il n'avait été renvoyé de Beton.

« Les choses t'apparaîtront plus clairement en temps voulu », reprit M. Kilgraw comme s'il lisait dans ses pensées.

Et, selon toute probabilité, il lisait effectivement dans ses pensées. David n'aurait pas été autrement surpris de voir le directeur adjoint ôter un masque et avouer qu'il venait de la planète Mars.

« L'essentiel, pour l'instant, est que tu sois là. Tu es arrivé. Tu es là où est ta place. »

M. Kilgraw se leva et contourna le bureau. Il y avait un second livre, relié d'une couverture noire, posé sur le bord, à côté d'une plume d'oie. M. Kilgraw humecta son doigt, ouvrit le livre et tourna les pages. David jeta un coup d'œil. Il entrevit une liste de noms, écrits avec une curieuse encre brune. M. Kilgraw arriva à une page blanche et prit la plume.

« Nous avons une vieille coutume à Groosham Grange, expliqua-t-il. Nous demandons à nos élèves d'inscrire leur nom dans le registre de l'école. Toi et tes deux amis porterez le total de nos pensionnaires actuels à soixante-cinq. Soit cinq fois treize, David. Un très bon chiffre. »

David ne voyait pas en quoi soixante-cinq était meilleur que soixante-quatre ou soixante-six, mais il préféra ne pas argumenter. Il tendit la main vers la plume. C'est alors que la chose se produisit.

Quand David avança la main, M. Kilgraw se pencha d'un mouvement brusque. La pointe aiguisée de la plume se planta dans le pouce de David, qui poussa un petit cri.

« Désolé, s'excusa M. Kilgraw d'un air pas du tout désolé. Tu as mal ? Je peux demander à Mme Windergast d'y jeter un coup d'œil, si tu le désires.

— Non, ça va », grommela David en colère.

Peu lui importait que M. Kilgraw voulût s'amuser à un petit jeu avec lui, mais il détestait être traité comme un bébé.

« Dans ce cas, tu auras la bonté d'inscrire ton nom, poursuivit M. Kilgraw. (Il lui tendit la plume, qui maintenant était rouge du sang de David.) Nous n'aurons pas besoin d'encre. »

David prit la plume. Il chercha du regard un encrier, mais il n'y en avait pas. Le directeur adjoint se pencha au-dessus de lui. Il sentit son souffle contre son oreille. David n'avait plus qu'une envie : quitter cette pièce, manger quelque chose et dormir. Il inscrivit son nom. La plume gratta le papier grossier et laissa des marques rouges.

« Excellent ! s'exclama M. Kilgraw en faisant pivoter le registre. Tu peux y aller, maintenant, David. Mme Windergast t'attend. »

David recula vers la porte, mais M. Kilgraw l'arrêta.

« Je veux que tu sois heureux ici, David. À Groosham Grange, nous prenons vos intérêts à cœur. Nous sommes là pour vous aider. Une fois que tu l'auras admis, je te promets que tu ne regarderas plus jamais en arrière. Crois-moi. »

David n'avait pas la moindre intention d'en discuter maintenant. Il gagna la porte aussi vite que possible, en se retenant pour ne pas courir. Car il avait vu ce qui clochait avec le miroir. Il l'avait vu après avoir signé son nom en lettres de sang, au moment où il se détournait du bureau.

Le miroir renvoyait l'image de tout ce qui se trouvait dans la pièce. Le bureau, les livres, les rideaux, le mobilier, le tapis, et David lui-même. Tout, sauf M. Kilgraw.

6

Premier jour

7 h

Réveillé ce matin par une cloche qui me carillonne dans les oreilles. Le dortoir est perché dans l'une des tours de l'école. Il est circulaire ; les lits sont disposés comme les chiffres sur le cadran d'une horloge. Le mien est à sept heures (qui est aussi l'heure à laquelle j'écris ces lignes). Jeffrey se trouve à côté de moi, à six heures. Je ne crois pas qu'il ait bien dormi. Son oreiller est par terre, ses draps tout chiffonnés. Je ne sais pas comment il s'est débrouillé pour faire un nœud à sa couverture. Aucun signe de Jill. Les filles dorment dans une autre aile.

7 h 30

Je me suis lavé et habillé. Un garçon m'a montré le chemin des douches. Il m'a dit s'appeler William Rufus – ce qui m'a surpris car l'étiquette cousue sur son pyjama indique le nom de Denys Blakeway. Je lui ai demandé pourquoi il portait le pyjama d'un autre, mais il a souri d'un air entendu, comme s'il savait quelque chose que j'ignore. Et je crois qu'il sait vraiment quelque chose que j'ignore.

Les garçons de Groosham Grange ne me plaisent pas. Ils ne sont pas coincés comme ceux de Beton, mais ils sont... différents. Personne n'a bavardé après l'extinction des lumières, hier soir. Pas de bataille de polochons. Rien. À Beton, chaque nouveau pensionnaire a droit à un lit en portefeuille. Ou pire. Ici, personne ne s'est intéressé à moi. C'est comme si je n'étais pas là. Et j'aimerais bien ne pas y être !

7 h 45

Petit déjeuner. Œufs au bacon. Mais le bacon était cru et les œufs ne venaient sûrement pas d'une poule ! Ça m'a coupé l'appétit.

William Rufus (si c'est réellement son nom) m'a conduit à mon premier cours. Il est petit et maigre, avec un nez en trompette et des yeux bleus de bébé. Exactement le type d'élève qui se ferait bizuter à Beton. Mais les bizutages n'existent pas à Groosham Grange. Tout le monde est bien trop sage. Je n'arrive pas à croire que je puisse écrire ça ! Qui a jamais entendu parler d'un écolier sage ?

William et moi avons eu une conversation bizarre en nous rendant en classe.

« C'est un cours de latin, a-t-il dit.

— Je déteste le latin. »

Je croyais avoir un point commun avec lui mais je me suis trompé.

« Ici, tu l'aimeras, m'a-t-il répondu. C'est M. Kilgraw qui enseigne et c'est un bon professeur. »

Il a regardé sa montre et il a ajouté :

« Dépêchons-nous, sinon nous allons arriver en retard.

— Quelle est la punition pour un retard ? ai-je demandé.

— Il n'y a pas de punitions à Groosham Grange.

« — De bons profs de latin ? Une école sans punitions ? Je rêve ! »

Mais le cours de latin n'a pas été pénible. À
Beton, on l'enseignait comme une langue morte
(d'ailleurs le prof n'était pas lui-même en très
bonne santé). M. Kilgraw, lui, parle latin couramment. Ainsi que tous les élèves ! À la fin du
cours, ils bavardaient tous comme de vieux
copains et personne n'a mentionné César ni la
Guerre des Gaules.

Autre bizarrerie. Il faisait très beau et pourtant
M. Kilgraw a donné son cours volets fermés, une
bougie sur le coin du bureau. J'ai questionné
William Rufus à ce sujet.

« Il n'aime pas le soleil », m'a expliqué William.

Du moins c'est ce que j'ai cru comprendre, car il
m'a répondu en latin.

11 h

Vu rapidement Jill pendant l'interclasse. Lui ai
parlé de ce journal. Elle m'a raconté sa journée.
J'ignore pourquoi elle n'est pas dans la même classe
que Jeffrey et moi.

« J'ai eu M. Creer pour le cours de modelage, m'a-
t-elle dit.

— Vous faites quoi, des cruches ?

— *Pour être cruches, ils le sont. On fabrique des figurines en cire. Des hommes et des femmes. Et Creer utilise des cheveux véritables.* »

Jill m'a montré son pouce. Entaillé exactement comme le mien. Elle a rencontré M. Kilgraw juste après le petit déjeuner.

« *Je dois le voir cet après-midi, a dit Jeffrey.*

— *Apporte ton encrier* », *lui a suggéré Jill.*

12 h 30

Cours avec Mlle Pedicure.

Mlle Pedicure doit avoir une bonne centaine d'années. Elle est à moitié aveugle et complètement chauve. Je crois qu'elle tient debout grâce à ses bandages. Elle semble complètement enveloppée de bandelettes de la tête aux pieds. Je les ai vues dépasser de ses manches et de son col. Il lui a fallu un quart d'heure pour gagner sa place et, quand elle s'est assise, elle a presque disparu dans un nuage de poussière.

Mlle Pedicure a des dents parfaites. Le seul inconvénient, c'est qu'elle les conserve dans un verre posé sur le coin de son bureau.

Elle enseigne Shakespeare. À la façon dont elle en parle, on croirait qu'elle l'a connu personnellement.

13 h 15

Déjeuner. Bifteck haché. Mais quel était donc l'animal avant qu'on en fasse du hachis ? Je crois que je vais mourir de faim, ici.

15 h

J'étais censé avoir un cours de français, cet après-midi, mais le professeur ne s'est pas montré. J'ai questionné William Rufus.

« WILLIAM. — C'est sûrement la pleine lune, ce soir, mon cher. Leloup ne donne jamais de cours à l'approche de la pleine lune.

MOI. — Il est malade ?

WILLIAM. — Eh bien, il n'est plus tout à fait lui-même. »

Nous avions tous un livre à lire mais je n'arrivais pas à me concentrer. J'ai passé la moitié du temps à écrire ces lignes et l'autre moitié à examiner les élèves de ma classe. Je les connais presque tous par leur nom, maintenant : Marion Grant, une rousse avec des taches de rousseur et de grandes dents ; Bessie Dunlop, mince et jolie si on ne la regarde pas de trop près ; Roger Bacon, un Asiatique. Depuis quand Roger Bacon est-il un nom asiatique ?

En réalité, tous ces noms sonnent faux. Bessie n'a pas une tête de Bessie. D'où me vient cette impression que tous ces gens partagent un horrible secret ? Et que Jeffrey et moi sommes les seuls à en être écartés ?

16 h 30

Football. Nous avons joué avec une vessie de porc gonflée. J'ai marqué un but mais ça ne m'a pas transporté de joie. Essayez donc de faire une tête avec une vessie de porc gonflée !

18 h

Nous avons eu le reste du porc au dîner. Il tournait sur une broche avec une pomme dans la bouche. Par chance, j'ai pu attraper la pomme.

18 h 30

Je suis retourné dans la classe de M. Leloup pour faire mes devoirs. Du moins c'est ce que j'étais censé faire. En réalité, j'ai continué de rédiger ce journal. Je viens de remarquer quelque chose. En fait, j'ai dû m'en apercevoir dès le début mais je n'en prends conscience que maintenant.

Chaque élève de la classe porte une bague. La même. C'est un anneau d'or avec une pierre noire sertie sur le dessus. Qu'est-ce que cela signifie ? J'ai entendu parler de casquettes et d'écussons de collèges, mais pas de bagues...

Je viens de relire la première journée de mon journal intime. Ça n'a aucun sens. J'ai l'impression de regarder défiler à toute vitesse une cassette vidéo. Je saisis des images mais pas l'histoire.

Si je note tout, je finirai par écrire un énorme livre. Et quelque chose me dit que je devrais garder du temps pour mon testament...

19 h 30

Une heure de liberté avant d'aller au lit. Aucun signe de Jeffrey ni de Jill. Suis allé faire un tour dehors pour prendre l'air.

Le terrain de sport est situé derrière l'école, près d'une forêt. La plus épaisse que j'aie jamais vue. Les arbres forment une sorte de muraille. Il y a aussi une chapelle et un petit cimetière.

Aperçu Gregor assis sur une tombe en train de fumer une cigarette.

« Vous creusez votre tombe en fumant, Gregor ? » lui ai-je lancé.

C'était une blague. Gregor n'a pas ri.

20 h 15

J'ai aperçu par hasard Jeffrey qui bavardait avec William Rufus. Ils avaient l'air très copains. Est-ce mauvais signe ?

20 h 40

Au lit. Extinction des lumières dans cinq minutes.
J'ai pris un bain. La salle de bains est antique. Quand on tourne le robinet, l'eau jaillit comme les chutes du Niagara, mais en plus boueux. On sort de la baignoire plus sale que l'on n'y est entré. La prochaine fois, je prendrai une douche.

Après avoir rédigé le paragraphe précédent, j'ai rangé ce journal dans le placard près du lit, avec un crayon pour marquer la page. À mon retour, le cahier était exactement dans la même position, mais le crayon avait roulé à côté.

QUELQU'UN A LU CE JOURNAL PENDANT MON ABSENCE.

Je n'écrirai donc plus une ligne tant que je serai à Groosham Grange. J'ai le sentiment

*qu'il vaut mieux que je garde mes réflexions pour
moi.*

*QUESTIONS :
Tous les noms sont-ils, faux ? Si oui, pourquoi ?
Quelle est la signification des bagues noires ?
Que se passe-t-il réellement à Groosham Grange ?*

*Que celui qui lira ces lignes, quel qu'il soit, ne
s'inquiète pas. D'une façon ou d'une autre, je trou-
verai les réponses.*

7

Dans le noir

Malgré ses résolutions, David n'avait rien appris de nouveau le lendemain soir. La routine de l'école s'était accomplie normalement (petit déjeuner, latin, histoire, pause, maths, déjeuner, géographie, football), si ce n'est que rien n'était tout à fait normal. Tout se passait comme s'il s'agissait d'un jeu élaboré, dans l'attente du moment où le collège se révélerait sous son véritable jour, dès qu'il n'y aurait plus de témoin.

Il était dix-neuf heures trente. David planchait sur un devoir dans la bibliothèque, pièce assez originale en soi puisqu'elle ne contenait aucun livre. Au lieu d'étagères, les murs étaient garnis de têtes d'animaux empaillées montées sur des socles de bois. Tous ces yeux de verre dardaient un regard vide. Comme c'était prévisible, David éprouva quelques difficultés à se concentrer sur l'histoire élisabéthaine avec deux taupes, un tatou et un sanglier qui copiaient par-dessus son épaule.

Au bout de vingt minutes il abandonna. L'Invincible Armada espagnole ne l'intéressait pas, pas plus apparemment que Mlle Pedicure qui enseignait également l'histoire. Il examina la page qu'il venait de terminer. Elle comportait davantage de taches d'encre et de ratures que de mots lisibles. En soupirant, David la froissa en boule et la jeta dans la corbeille. La boule de papier manqua la corbeille et toucha le grand miroir situé derrière. Poussant un nouveau soupir, David se leva pour aller la ramasser.

Elle avait disparu. Il la chercha derrière la corbeille, sous les chaises, sur la moquette devant le miroir. Rien. La boule de papier avait disparu sans laisser de trace. David se sentit brusquement nerveux, il crut voir le sanglier lui faire une grimace. Il quitta la bibliothèque en courant et claqua la porte derrière lui.

Un étroit corridor voûté conduisait de la biblio-

thèque au hall d'entrée. C'était ce même corridor qu'il avait emprunté le soir de son arrivée à Groosham Grange, et qui passait devant le bureau de M. Kilgraw. Instinctivement, David ralentit devant la porte. Il entendit alors les voix.

Elles provenaient de la pièce située en face du bureau de M. Kilgraw, une pièce fermée par une porte en bois sombre sur laquelle ce simple mot : *Directeurs* était inscrit en lettres dorées. Ainsi donc Groosham Grange n'avait pas un, mais deux directeurs ! David engrangea cette information, étonné de n'avoir encore jamais rencontré l'un ou l'autre. Il jeta un regard autour de lui. Les autres élèves avaient quitté la bibliothèque bien avant lui. Il était seul dans le corridor. Il fit semblant de renouer son lacet et s'agenouilla près de la porte.

« ... s'est bien intégré, je crois. » David reconnut aussitôt la voix. On ne pouvait pas se tromper sur les syllabes traînantes de M. Kilgraw. « La fille s'est montrée un peu rétive, en classe de modelage, mais je suppose que c'était prévisible.

— Mais ils ont tous signé le registre ? dit alors une voix haut perchée, presque étranglée, qui évoqua à David quelqu'un en train de se débattre contre une cravate trop serrée.

— Sans aucun problème, monsieur Teagle, répondit M. Kilgraw avec un petit rire curieusement mélancolique. Jeffrey, le garçon bègue, est passé en dernier. Il avait apporté son propre stylo et deux bouteilles d'encre ! Finalement j'ai dû l'hypnotiser. Ensuite cela a été facile.

— À votre avis, ce Jeffrey va nous causer des difficultés ? »

Cette voix-là était la plus douce des trois. Le second directeur parlait presque dans un murmure.

« Non, monsieur Fitch, le rassura M. Kilgraw. Ce sera lui le plus facile. Non. Eliot m'inquiète davantage.

— Comment cela ?

— Eh bien... je n'en suis pas sûr, monsieur Teagle, mais il possède une certaine force de caractère, une indépendance...

— Exactement ce dont nous avons besoin.

— Bien entendu, cependant... »

David aurait donné très cher pour en entendre davantage, mais c'est le moment que choisit Mme Windergast pour apparaître. Elle se dirigeait vers la bibliothèque. Elle l'aperçut, s'arrêta net et cligna les yeux derrière ses demi-lunettes.

« Quelque chose ne va pas, David ? demanda-t-elle.

— Oh, heu... non, répondit-il en montrant ses chaussures. Je renouais seulement mes lacets.

— C'est très sage de ta part, mon cher petit. Nous n'aimerions pas te voir trébucher et te casser quelque chose, n'est-ce pas ? Mais ce n'est peut-être pas l'endroit idéal, juste devant la porte des directeurs. Car on pourrait penser que tu écoutes aux portes et cela ferait très mauvaise impression la première semaine de ton arrivée. Tu ne trouves pas ?

— Oh, si, acquiesça David en se redressant. Je suis désolé, madame Windergast. »

Il fila aussi vite qu'il le put. L'intendante entra dans le bureau des directeurs. David aurait donné son bras droit pour entendre ce qui se disait maintenant dans la pièce. Mais il ne pouvait courir le risque d'être surpris une seconde fois.

Prudent, il se mit à la recherche de Jeffrey et Jill. Il les trouva devant la salle des professeurs. Jill examinait les casiers, chacun portant le nom d'un professeur.

« As-tu vu le casier de M. Leloup ? dit-elle à David.

— Pourquoi ?

— Il y a un pigeon dedans, répondit Jill avec une grimace en désignant l'oiseau mort. On dirait qu'il a été tué par une bête sauvage.

— Que fait-il là-dedans ? s'étonna David.

— Demande à M. Leloup.

— Si jamais il se m... m... montre », ajouta Jeffrey.

Ils rebroussèrent chemin. L'un des murs du couloir était couvert de placards, les salles de classe donnaient sur l'autre. Deux garçons se dirigèrent vers les dortoirs. Il restait encore une heure avant la sonnerie du coucher, pourtant la plupart des élèves de Groosham Grange semblaient déjà prêts à se mettre au lit. Comme toujours, le silence qui régnait dans l'école aurait mieux convenu à un musée ou à un monastère. De toute la journée, David n'avait entendu une seule porte ni un seul pupitre claquer.

Ils virent une salle déserte et y entrèrent. David ne la connaissait pas encore et il regarda autour de lui avec curiosité. Les murs étaient couverts d'affiches d'animaux. Au lieu d'un bureau, le professeur disposait d'un long comptoir en marbre garni d'appareils scientifiques : un brûleur, un chaudron en métal et divers flacons de produits chimiques. Tout au bout, il y avait un rat blanc enfermé dans une cage et deux crapauds qui louchaient d'un air triste derrière la paroi en verre d'un bocal. Le squelette d'un animal inconnu se dressait dans un coin.

« Ce doit être le labo de biologie, chuchota David.

— J'aimerais bien, dit Jill en secouant la tête. Ces trucs-là sont les restes de mon premier cours de l'après-midi.

— Quel c... c... cou... cours ? demanda Jeffrey.

— Cuisine. »

David avala sa salive. Il se souvint de la viande hachée.

« Comparons nos notes, dit Jill en s'asseyant derrière l'une des tables.

— Nos deux premières journées à Groosham Grange, acquiesça David.

— Jeffrey, à toi de commencer. »

Jeffrey avait peu à dire. Il était le plus malheureux des trois, encore sous le choc de son entrevue avec M. Kilgraw. Il n'avait pas travaillé, mais passé le dernier cours à écrire une lettre à sa mère. L'ennui, c'est qu'il n'existait aucune boîte pour la poster.

« Je déteste cet endroit, se plaignit-il. Ce n'est p... p... pas dur co... co... comme je croyais. Mais ça ne ressemble à rien de ce q... q... que j'imaginais. Tous les p... p... profs sont fous. Et p... p... personne ne me taq... taquine sur mon bé... bégaiement.

— Je croyais que tu n'aimais pas être taquiné, remarqua David.

— Oui m... m... mais ce serait p... plus normal.

— Rien n'est normal, ici, le coupa Jill. D'abord ils nous font signer nos noms avec notre sang. Les cours ne ressemblent à aucun autre. Et puis il y a cette histoire de bagues...

— Je les ai remarquées aussi, dit David.

— Ils portent tous la même. Comme une sorte de talisman.

— J'ai trouvé autre chose », ajouta David.

Il raconta ses découvertes de la journée, à commencer par le mystère du pyjama.

« Je me trompe peut-être, dit-il, mais j'ai l'impression que tous les élèves utilisent de faux noms.

— Dans ma classe, il y en a un qui s'appelle Gideon Penman, murmura Jill d'un air abasourdi.

— Tu vois ! Est-ce que c'est un nom ?

— M... m... mais pourquoi utiliseraient-ils de faux noms ? s'étonna Jeffrey.

— Et pourquoi nous font-ils signer nos vrais noms avec du sang ? insista Jill.

— J'ai découvert autre chose à ce sujet », reprit David.

Et il rapporta la conversation qu'il avait surprise dans le bureau des directeurs. Il laissa de côté leurs paroles sur la faiblesse de Jeffrey pour ne pas lui

faire de peine, mais aussi parce que c'était probablement vrai.

« Tout ce que je peux dire, conclut-il, c'est que
plus tôt nous serons partis d'ici, mieux ce sera. Il
se passe des choses bizarres à Groosham Grange.
Et, si nous y restons plus longtemps, je crains bien
qu'il nous arrive des ennuis. »

Jeffrey jeta un regard accusateur à Jill.

« Je c... c... croyais que tu devais te... te... t'enfuir.

— Je le ferai, promit Jill en regardant par la
fenêtre. Mais pas ce soir. Une nouvelle tempête se
prépare. »

L'orage éclata quelques minutes plus tard. Cette
fois il n'y eut pas d'éclairs, mais la trombe d'eau
n'en fut pas moins spectaculaire. La mer semblait
s'être amassée en une vague gigantesque pour
s'abattre sur l'école. Au même moment le vent se
déchaîna, fouetta les murs de brique. Des volets
mal attachés furent arrachés de leurs gonds. Une
pierre tombale explosa. Un chêne immense fut
fendu en deux.

Le bruit de la chute de l'arbre réveilla David. Il
fouilla dans sa table de nuit, trouva sa torche et
l'alluma en dirigeant le faisceau sur sa montre.
Minuit. Il reposa sa tête sur l'oreiller et regarda par
la fenêtre. C'était la pleine lune. On discernait à

peine sa forme à travers le rideau de pluie. Plus jeune, David n'avait jamais eu peur des orages. Aussi fut-il surpris de voir qu'il tremblait.

À nouveau il se redressa. Pendant le bref instant où sa torche avait été allumée, il avait repéré quelque chose du coin de l'œil, quelque chose que son esprit n'avait pas entièrement assimilé. Il ralluma sa lampe et dirigea le faisceau à travers le dortoir.

Jeffrey dormait dans le lit voisin, la tête enfouie sous les couvertures. Mais à part lui il n'y avait personne. Ils étaient seuls. Au moment de l'extinction des lumières, à neuf heures et demie, tous les autres garçons du dortoir dormaient déjà. Maintenant leurs lits étaient vides, les couvertures rejetées. David dirigea la torche sur leurs chaises. Leurs vêtements avaient également disparu.

David hésita un moment, puis, tout doucement, il sortit de son lit, enfila son peignoir et ses chaussons, puis se dirigea vers la porte. Il l'ouvrit lentement. Pas une seule lumière ne brillait dans l'école. Et le silence était plus profond, plus effrayant que jamais.

David vérifia un second dortoir, puis un troisième. Partout les lits étaient vides, les vêtements disparus. Dehors, la pluie continuait de tomber. On l'entendait marteler les vitres. David consulta sa montre, certain d'avoir fait une confusion absurde. Non, il était bien minuit et demi. Où étaient passés les autres ?

Son cœur tambourinait dans sa poitrine comme s'il le pressait de retourner se coucher et d'oublier toute cette histoire. Mais David était bien réveillé, maintenant, et décidé à découvrir le fin mot de l'histoire, même s'il devait y laisser la vie. Ce qui, songea-t-il, avait de fortes chances de se produire.

Il longea le couloir sur la pointe des pieds, tressaillant chaque fois qu'une lame de parquet craquait. Enfin il atteignit un quatrième dortoir. Il alluma la torche en la pointant sur la poignée de la porte.

Derrière lui, une main jaillit de l'obscurité... se posa sur son épaule.

David sentit son estomac se réduire à la taille d'un petit pois. Il ouvrit la bouche pour crier. Il pivota lentement...

Jill ! C'était Jill. Comme lui, elle portait un peignoir et des chaussons. Mais elle semblait encore plus terrifiée que lui.

« Où sont-ils ? chuchota-t-elle. Où sont-ils partis ?

— Je ne sais pas, c'est ce que j'essayais de découvrir.

— Je les ai vues partir, soupira Jill, soulagée

d'avoir trouvé David. Il y a environ vingt minutes. L'une des filles m'a réveillée en quittant le dortoir. J'ai attendu un peu et puis je les ai suivies.

— Où sont-elles allées ?

— Je les ai vus pénétrer dans la bibliothèque. Tous. Toute l'école. J'ai écouté un peu à la porte mais je n'entendais rien. Alors je suis entrée. Mais il n'y avait personne, David. (Jill respira profondément, elle était au bord des larmes.) Ils se sont évaporés. »

David revint quelques heures en arrière. Il avait passé un moment à étudier dans la bibliothèque, au milieu de ces têtes d'animaux empaillées. C'était une salle relativement petite, pas assez grande en tout cas pour contenir soixante-trois personnes. À part une table, un miroir, une douzaine de chaises et les animaux, il n'y avait rien. Pas même des portes. Une seule entrée, donc une seule sortie.

« Ils sont peut-être sortis... par une fenêtre, suggéra David.

— Par ce temps ? objecta Jill. De toute façon les fenêtres sont trop hautes. Je le sais... j'ai essayé.

— Alors ils doivent être quelque part dans l'école.

— Non. »

Jill s'adossa contre le mur, puis glissa jusqu'au

sol et s'assit. Elle était épuisée, et ce n'était pas seulement le manque de sommeil.

« J'ai regardé partout, reprit-elle. Dans les classes, dans le réfectoire, dans la salle des professeurs... partout. Ils ne sont nulle part.

— Ils sont forcément quelque part, insista David. Ils n'ont pas pu disparaître comme ça. »

Jill ne répondit pas. David s'assit à côté d'elle et passa un bras autour de ses épaules. Ils restèrent silencieux un long moment. Les derniers mots de David résonnaient encore dans son esprit : « Ils sont forcément quelque part. Ils n'ont pas pu disparaître comme ça. » Pourtant, assis là dans l'obscurité et le silence, il savait qu'il se trompait.

Aussi impossible que cela pût paraître, ils étaient seuls dans Groosham Grange.

8

Noël

Trois jours avant Noël, il commença à neiger.

Le jour de Noël, l'île tout entière était blanche. Le sol était blanc, la mer était blanche. Il était difficile de dire où finissait l'un et où commençait l'autre.

Il n'y avait pas de chauffage central à Groosham Grange. Mais de grosses bûches brûlaient dans les cheminées, sifflant et crépitant comme si elles étaient furieuses de devoir partager leur chaleur. Les fenêtres étaient embuées, les tuyauteries grondaient et gargouillaient sous la pression de l'eau qui se forçait un chemin dans les conduites à moitié gelées. Une colonie de chauves-souris qui nichait dans l'une des tours nord émigra au rez-de-chaussée pour se réchauffer et finit par s'installer dans la salle à manger. Personne ne s'en plaignit. Mais David trouva les repas un peu oppressants avec cette centaine d'yeux qui louchaient sur sa tarte à la rhubarbe du haut des chevrons.

Hormis les chauves-souris et le temps, rien n'avait changé à l'école. Au début David avait trouvé surprenant que personne ne semble se préoccuper de Noël, puis il avait accepté la chose avec une résignation morose. Le Capitaine Baindesang venait à l'école une fois par semaine, le mardi, mais jamais il n'apportait ni n'emportait de lettres, aussi n'y eut-il pas de cartes de Noël. Ni de décorations. En apercevant Mme Windergast avec un bouquet de houx, David s'était senti un peu réconforté... mais seulement jusqu'au déjeuner, quand il avait dû, pour la première fois de sa vie, manger de la soupe au houx. Pas de cartes de Noël, pas de sapin de Noël, et bien sûr pas de cadeaux de Noël. Malgré la neige, personne ne lança de boules et le seul bonhomme de neige se révéla en réalité être Gregor, qui s'était endormi sur sa pierre tombale juste avant la plus grosse tempête et que l'on avait dû décongeler le lendemain.

Une seule personne fit allusion à Noël, et ce fut M. Creer, en instruction religieuse. M. Creer était le seul professeur d'apparence normale de tout le collège. C'était aussi le plus jeune. Il avait environ trente ans, des cheveux courts et bouclés et une fine moustache. Son nom entier était Ronald Edward Creer. David avait été un peu troublé en découvrant le même nom sur une tombe du cimetière du collège : *Noyé près de l'île du Crâne – 1957-1985*, mais il avait supposé qu'il s'agissait d'un parent. Pourtant M. Creer dégageait une forte odeur marine.

« Noël a bien entendu assez peu de rapport avec la chrétienté, expliqua à la classe avec un sourire fantomatique M. Creer. Il existait des fêtes à la fin du mois de décembre bien avant l'apparition de la chrétienté. Les *Saturnales* romaines ou la *Naissance du Soleil* des Perses, par exemple. Dans le Nord, c'est une célébration des esprits des ténèbres, car à Noël les morts sortent de leurs sépultures. »

Pour David c'était une découverte, mais il devait bien admettre qu'avec les guirlandes, les Pères Noël devant les grands magasins, les achats de dernière minute, le boudin blanc, les gâteaux et les vieux films à la télé, à Londres non plus, Noël n'avait pas grand-chose à voir avec la chrétienté.

*
* *

Le 25 décembre commença comme n'importe quel autre jour : douche, petit déjeuner, trois cours d'affilée, déjeuner. Seule différence : les cours de l'après-midi furent annulés. David et Jill se retrouvèrent donc libres de faire ce qui leur plaisait. Comme d'habitude, les autres élèves regagnèrent leur chambrée et leur lit, puisqu'ils occupaient toujours ainsi leur temps de loisir. Puis, tard dans la nuit, ils se rendraient dans la bibliothèque et disparaîtraient.

David et Jill avaient tenté de les suivre à plusieurs reprises, bien décidés à éclaircir le mystère, mais sans succès. Le problème venait de ce qu'il n'existait aucun moyen de suivre les autres dans la bibliothèque sans être repérés et, quand ils ouvraient la porte, tout le monde s'était envolé. Un après-midi ils fouillèrent soigneusement la pièce, certains d'y découvrir un passage secret. Mais s'il existait un passage secret, il possédait une entrée particulièrement secrète. Tous les murs semblaient construits en briques pleines. Une cheminée de pierre occupait l'un d'eux, et un grand miroir en pied se dressait en face. David eut beau pousser et tripoter les têtes d'animaux empaillées, et Jill grimper sur la cheminée, ils ne trouvèrent pas le moindre indice.

Et où était Jeffrey pendant ce temps ?

Depuis leur arrivée à Groosham Grange, Jeffrey avait changé et cela inquiétait David bien plus que toute autre chose. Il se rappelait encore les paroles de M. Kilgraw : « Ce sera lui le plus facile... » Et Jeffrey passait de plus en plus de temps seul, et de moins en moins avec David et Jill. À plusieurs reprises David l'avait surpris en grande conversation avec William Rufus, et malgré ses questions pressantes, Jeffrey avait refusé d'en parler. De plus, malgré l'absence de livres dans la bibliothèque, Jeffrey semblait lire énormément. De vieux ouvrages poussiéreux aux pages jaunies, reliés en cuir usé.

Jill, avec son caractère bouillant, avait fini par déclencher une dispute. Elle s'en était prise à Jeffrey un soir, dans une salle de classe vide où ils discutaient des progrès de leurs découvertes, ou plutôt de leur absence de progrès.

« Que se passe-t-il avec toi ? Tu commences à te comporter comme si tu te plaisais vraiment ici !

— P... p... peut-être que oui, avait répondu Jeffrey.

— Mais cette école est dingue !

— Toutes les éc... éc... écoles sont dingues. Mais c'est mieux ici q... q... qu'à Sansdieu.

— Et notre promesse ? lui avait rappelé David. Nous trois contre eux tous.

— Nous p... p... pouvons être contre eux. Mais je ne suis pas sûr qu'ils soient c... c... contre nous.

— Alors pourquoi ne vas-tu pas tout simplement les rejoindre ! » s'était emportée Jill.

Apparemment, c'est ce qu'avait fait Jeffrey.

*
* *

David et Jill étaient seuls en traversant les terrains de sport, où ils enfonçaient dans la neige jusqu'aux chevilles. Maintenant ils connaissaient chaque centimètre de l'île. Groosham Grange se situait au nord. Une forêt s'étendait jusqu'à la côte sud. Ses arbres semblaient sculptés dans la pierre et dater de mille ans. La pointe où était construit le débarcadère se trouvait à l'extrémité sud, une langue de terre longue et basse dominée par les falaises.

David était certain de distinguer l'entrée d'une grotte au bas des falaises. Il aurait aimé l'explorer mais il n'y avait aucune voie d'accès. Les falaises elles-mêmes étaient trop escarpées pour être escaladées et la pointe était séparée de la grotte par une crique, où les vagues venaient marteler les rochers et les aiguiser comme des aiguilles.

Il y avait également une rivière sur l'île, ou plutôt un large cours d'eau, qui se jetait dans un lac, à côté de la forêt. C'est là qu'ils se rendirent. La surface du lac était gelée. Ils pensèrent que ce serait amusant d'y patiner, mais ils n'avaient pas de patins. Et, de toute façon, ils n'avaient pas le cœur à s'amuser, même si c'était Noël.

« As-tu appris quelque chose depuis ton arrivée ici ? demanda Jill.

— Pas vraiment, admit David après un moment de réflexion. Mais puisqu'il n'y a ni tests, ni examens, ni contrôles, ça n'a pas réellement d'importance.

— Eh bien, moi, j'ai appris une chose », dit Jill en ramassant un caillou pour le jeter de l'autre côté du lac.

Le caillou heurta la glace et glissa dans des touffes d'herbes folles.

« Le bateau vient tous les mardis, poursuivit Jill. Le Capitaine Baindesang décharge le ravitaillement, et ensuite il le transporte en voiture avec Gregor jusqu'à l'école. Donc, pendant environ une heure, il n'y a plus personne sur le bateau.

— Et alors ? dit David soudain intéressé.

— Le surlendemain de Noël tombe un mardi. Pendant qu'ils se rendront à l'école, quelqu'un montera à bord. Moi.

— Mais il n'y a pas de cachette, lui fit remarquer David qui l'avait accompagnée pour explorer le bateau, une semaine plus tôt. Nous avons regardé et...

— Il n'y a pas de place pour deux, admit Jill. Mais l'un de nous peut se dissimuler à l'intérieur de la cabine. Il y a un tas de vieux sacs sur le sol. Je crois que je peux me cacher dessous.

— Alors tu vas vraiment partir », soupira David.

Il ne put réprimer un sentiment de tristesse. Jill était sa seule amie à l'école. Elle partie, il se retrouverait plus seul que jamais.

« Je dois m'en aller, David. Si je reste ici plus longtemps je vais devenir folle... comme Jeffrey. Mais une fois à l'abri j'écrirai aux autorités. Elles enverront quelqu'un. Et je te parie tout ce que tu veux qu'elles fermeront le collège en moins d'une semaine.

— Où iras-tu ?

— J'ai le choix entre quatre frères et deux sœurs, répondit Jill en souriant. Nous sommes une grande famille. Je suis le numéro 7 !

— Est-ce que ta mère avait des frères et sœurs ? » questionna David.

Jill lui jeta un regard étonné.

« Pourquoi ?

— Je me demandais seulement...

— À vrai dire, elle aussi était le numéro 7. J'ai six oncles. Pourquoi cette question ?

— La septième fille de la septième fille », murmura David.

Il n'en dit pas plus. Cela paraissait n'avoir aucun sens, et pourtant...

David se posait encore cette question, un peu plus tard ce soir-là, lorsqu'il s'installa dans la bibliothèque. Seul.

Le dîner de Noël (si on pouvait l'appeler ainsi) s'était composé de jambon et de frites, les frites à peine plus tièdes que le jambon. Pour la première fois depuis son arrivée, David se sentait réellement déprimé. Jill était allée se coucher de bonne heure

et il n'y avait même pas de télévision pour se dis-
traire. Plus exactement il existait un téléviseur,
mais un ancien modèle en noir et blanc rafistolé
avec du ruban adhésif. Le bouton du volume avait
disparu et la réception était si mauvaise que l'écran
ressemblait à une tempête de neige miniature.
C'était parfait pour un documentaire sur les
mineurs sourds et muets en Sibérie.

La porte s'ouvrit. C'était Jeffrey.

« Salut, dit-il.

— Salut, Da... Da... David. »

Le gros garçon resta planté devant la porte,
apparemment gêné d'être surpris à cet endroit.

« Il y a un moment que je ne t'ai vu, remarqua
David en essayant de se montrer amical.

— Je sais. Je... j'ai été oc... oc... occupé, dit Jeffrey en glissant dans la pièce un regard circulaire,
derrière ses lunettes à monture d'acier. En fait, je...
je... je cherche William.

— Ton nouveau copain ? rétorqua David d'un
ton aigre. Il n'est pas là. À moins, bien sûr, q... q...
qu'il ne soit sous le ta... ta... tapis devant la cheminée, ou ailleurs... quelle que soit la cachette dans
laquelle tout le monde disparaît chaque nuit ! Tout
ce que je peux te dire, c'est que, si tu souhaites te
joindre à eux, ils seront ravis !

— Je ne... ne... ne... »

Jeffrey s'interrompit, les joues rouges. David était furieux contre lui-même d'avoir perdu son sang-froid. Il voulut se rattraper mais Jeffrey quitta précipitamment la pièce en refermant la porte derrière lui.

David se leva. « ... Ce sera le plus facile. » Une fois encore les paroles de M. Kilgraw lui revinrent en mémoire. Bien sûr Jeffrey serait le plus facile des trois, quels que soient les plans des gens de Groosham Grange. Jeffrey était gros, il portait des lunettes et bégayait. En le rejetant, David l'avait poussé entre leurs mains. Au début, ils étaient trois. Maintenant, par son manque de délicatesse, Jeffrey se retrouvait seul après le départ de Jill.

David courut à sa suite, mais Jeffrey avait déjà disparu au bout du corridor. Tant pis. Si David pouvait découvrir ce qui se tramait à Groosham Grange, derrière la façade des cours et de la vie quotidienne d'une école, alors il serait capable d'y mettre un terme, et de sauver Jeffrey et lui-même par la même occasion. Et il n'y avait pas de meilleur endroit pour commencer son enquête. La réponse devait se trouver dans l'une des deux pièces.

David commença par la porte marquée : *Directeurs*. Depuis qu'il était au collège, jamais encore il n'avait rencontré aucun des deux hommes, M. Fitch et M. Teagle. S'il n'avait entendu leurs voix, David aurait douté de leur existence. Il frappa doucement à la porte. Comme il s'y attendait, personne ne répondit. Alors il tourna la poignée. La porte s'ouvrit.

La pièce lui évoqua davantage une chapelle qu'un bureau. Les fenêtres étaient des vitraux représentant des scènes de ce qui ressemblait au Jugement dernier, avec des diables armés de fourches qui poussaient des hommes et des femmes nus dans des flammes. Le sol était dallé de marbre noir. Il n'y avait pas de tapis. Les bibliothèques étaient remplies de livres anciens comme ceux que lisait Jeffrey, et il y avait même une chaire dans un coin, avec un aigle sculpté portant une bible sur ses ailes déployées.

Un mystère planait dans cette pièce. S'il y avait deux directeurs à la tête de Groosham Grange, pourquoi leur bureau ne contenait-il qu'une seule table de travail, un seul fauteuil, une seule toge et une seule toque sur le portemanteau derrière la porte ? Les tiroirs du bureau étaient verrouillés et aucun papier ne traînait. David passa cinq minutes dans la pièce, puis sortit aussi silencieusement qu'il était entré.

Il lui fallut plus de courage pour se glisser dans le bureau de M. Kilgraw, situé juste en face. David se rappelait sa dernière visite : il portait encore une marque sur son pouce en souvenir. Il poussa la porte en se disant : « Il ne va pas te manger », et en s'efforçant de le croire.

Malgré l'absence du directeur adjoint, David eut l'impression d'être épié. Il se figea, osant à peine respirer. La pièce était vide. Il fit un autre pas. Les yeux le suivirent. Il s'arrêta à nouveau. Alors, il comprit ce qui se passait. Les tableaux ! Il y avait sur les murs des portraits de vieux messieurs sinistres qui semblaient avoir été peints des années après leur mort. Mais leurs yeux suivaient David chaque fois qu'il faisait un pas.

David s'arrêta devant ce qui ressemblait à une commode et posa une main dessus. Le bois vibra sous ses doigts. Il retira vivement sa main. Avait-il rêvé ? Non. Dans le silence lui parvenait un imperceptible bourdonnement. Et cela venait du meuble.

Il tira un des tiroirs.

Première découverte : c'était une fausse commode. Les trois tiroirs étaient en réalité un panneau qui s'ouvrait comme une porte, et la commode un réfrigérateur très moderne.

David en inspecta le contenu et faillit s'étrangler : ce réfrigérateur ne contenait ni lait, ni beurre, ni œufs. À la place s'alignaient une trentaine de sachets en plastique suspendus à des crochets, tous remplis d'un liquide rouge sombre. « C'est du vin, murmura David. Ce ne peut être que du vin. Ça ne peut pas être autre chose. Ça ne peut pas être... du *SANG* ! ».

C'était pourtant bel et bien du sang. Le vin ne se vendait pas en sachets. Aucun vin ne s'appelait *AB POSITIF*. David ne désirait même pas savoir ce que ces trente demi-litres de AB positif faisaient dans le bureau de M. Kilgraw. Il ne voulait rien savoir. Il voulait sortir de là avant de finir liquéfié dans un des sachets, sur l'étagère du bas.

Pourtant il parvint à se maîtriser. Il était trop tard pour reculer. Il devait profiter de cette occasion pour fouiller le bureau. Pour Jeffrey le temps pressait. David respira profondément. Il n'y avait personne dans les parages. Personne ne soupçonnait sa présence ici.

Il s'approcha du bureau. Le livre sur lequel il avait signé son nom le soir de son arrivée était à la même place. Il l'ouvrit d'une main tremblante. Il voulut humecter son index mais sa bouche était sèche et il se servit de sa paume moite pour tourner les pages. Son regard tomba aussitôt sur les trois derniers noms : *DAVID ELIOT, JILL GREEN, JEFFREY JOSEPH*. Leur couleur était passée du rouge au brun mais ils restaient plus vifs que les noms des pages précédentes. Penché au-dessus du bureau, David commença à lire.

En quelques secondes il s'aperçut qu'il ne reconnaissait pas un seul nom. Il n'y avait ni William Rufus, ni Bessie Dunlop, ni Roger Bacon. Ainsi il avait vu juste. Les autres élèves avaient changé d'identité peu après leur arrivée. La seule question était : pourquoi ?

David referma le registre. Quelque chose venait d'attirer son attention, à l'autre coin de la table, un objet qui n'était pas là lors de sa première visite. C'était une bague, une pierre noire montée sur un anneau d'or plein. David tendit la main... et poussa un cri. La bague était chauffée à blanc. On l'aurait crue à peine sortie du four. Bien sûr, c'était impossible. La bague se trouvait sur le coin de ce bureau depuis qu'il était entré. Ce devait être une illusion. Mais illusion ou pas, ses doigts le brûlaient encore et la peau cloquait.

« Que fais-tu là ? »

David se retourna d'un bond, oubliant momentanément sa douleur. M. Kilgraw était dans la pièce. Mais comment était-ce possible ? La porte ne s'était pas ouverte. David n'avait rien entendu. Comme à son habitude le directeur adjoint était vêtu de noir, une tenue d'enterrement. Sa voix avait semblé plus curieuse qu'hostile, mais on ne pouvait se méprendre sur la lueur menaçante de ses yeux. Tout en serrant ses doigts endoloris, David cherchait désespérément une excuse. « Frigo, me voici ! » songea-t-il.

« Que fais-tu ici, David ? questionna M. Kilgraw pour la seconde fois.

— Je... je vous cherchais, monsieur.

— Pourquoi ?

— Eh bien... pour vous souhaiter joyeux Noël, monsieur », répondit David, saisi d'une inspiration.

Les lèvres de M. Kilgraw se retroussèrent légèrement.

« Une très charmante attention, dit-il d'un ton qui signifiait : "Voilà une bien bonne plaisanterie !" Tu t'es brûlé ?

— Oui, monsieur, admit David en rougissant. J'ai vu la bague et... »

M. Kilgraw s'avança. David évita soigneusement de regarder le miroir. Il savait ce qu'il verrait, ou plutôt ce qu'il ne verrait pas. Il patienta en silence, inquiet de ce qui allait suivre, tandis que le directeur adjoint s'asseyait derrière son bureau.

« Il est parfois prudent de ne pas regarder les choses qui ne nous sont pas destinées, David, dit M. Kilgraw. Surtout celles que nous ne comprenons pas. »

M. Kilgraw tendit la main pour prendre la bague. David fit une grimace mais M. Kilgraw garda tranquillement l'anneau dans le creux de sa paume.

« Je dois avouer que tu me déçois beaucoup, David, poursuivit M. Kilgraw. Malgré notre dernière petite conversation, il semble que tu n'aies fait aucun progrès.

— Renvoyez-moi ! » rétorqua David, surpris de sa propre audace.

Rien n'aurait pu lui faire davantage plaisir.

« Oh non ! On ne renvoie jamais personne de Groosham Grange ! gloussa M. Kilgraw. Nous avons eu des élèves difficiles, dans le passé, mais ils ont fini par nous accepter... comme tu le feras un jour.

— Que voulez-vous de moi ? s'emporta David, incapable de se contenir plus longtemps. Que se passe-t-il ici ? Je sais que ce n'est pas une véritable école. Il se trame quelque chose d'horrible. Pourquoi ne me laissez-vous pas partir ? Je n'ai jamais demandé à venir. Laissez-moi m'en aller et oubliez mon existence ! Je déteste cet endroit. Je vous déteste tous. Jamais je ne vous accepterai, pas tant que je vivrai.

— Combien de temps, à ton avis ? »

La voix de M. Kilgraw était subitement devenue

glaciale. Chaque syllabe se détachait comme une sentence de mort. David frissonna. Il sentit les larmes lui monter aux yeux. Pourtant il était fermement décidé à ne pas pleurer. En tout cas pas devant M. Kilgraw.

Mais celui-ci sembla se radoucir. Il posa la bague et se renversa sur son fauteuil, avant de reprendre la parole d'une voix plus neutre :

« Il y a tant de choses que tu ignores, David. Mais un jour cela changera. Pour l'instant, tu ferais bien de montrer cette brûlure à Mme Windergast. (Il porta un doigt décharné au coin de sa bouche et réfléchit un instant en silence.) Dis-lui d'utiliser son onguent spécial. Tu verras, je suis certain que cela te permettra de trouver un sommeil plus... reposant. »

David tourna les talons et quitta la pièce.

Il était tard. Personne ne rôdait dans les couloirs. David monta l'escalier, l'esprit très absorbé. Il n'irait pas voir Mme Windergast. Si M. Kilgraw conservait du sang dans son réfrigérateur, que contenait la pharmacie de Mme Windergast ? Ses doigts le faisaient terriblement souffrir mais n'importe quelle douleur valait mieux qu'une autre entrevue avec un professeur de Groosham Grange.

Aussi fut-il très ennuyé de trouver l'intendante qui le guettait devant la porte de l'infirmerie. Il devait exister un système de téléphone interne dans le collège car elle savait déjà de quoi il souffrait.

« Laisse-moi examiner ta pauvre petite main, dit-elle en roulant les *r*. Entre et assieds-toi pendant que je cherche un pansement. Nous ne voulons pas que cela s'infecte, n'est-ce pas ? Mon époux est mort d'une infection. Dieu ait son âme. C'était horrible à voir, à la fin, crois-moi. Et ça a débuté par une égratignure... (Tout en parlant elle poussait David à l'intérieur de l'infirmerie, sans lui laisser une chance de protester.) Installe-toi ici, je vais chercher ma trousse », conclut-elle d'un ton autoritaire.

David s'assit. La pièce était petite et confortable avec un poêle à gaz, une moquette colorée et des coussins. Des tapisseries étaient accrochées aux murs et quelques bandes dessinées jonchaient une table basse. David embrassa l'ensemble d'un coup d'œil. L'intendante s'affairait à l'autre bout de la pièce devant une armoire à pharmacie en miroir. Lorsqu'elle l'ouvrit, David aperçut le reflet d'un oiseau sur un perchoir. Un instant il pensa avoir rêvé, mais il découvrit l'animal à proximité de la fenêtre. C'était un corbeau noir. Il le crut d'abord empaillé comme les autres bêtes dans la bibliothèque, mais le corbeau croassa et battit des ailes. David frissonna en se rappelant celui qu'il avait aperçu dans le jardin de ses parents, le jour de son départ.

« C'est Wilfred, expliqua Mme Windergast en revenant s'asseoir près de David. Certaines personnes ont des poissons rouges, d'autres des hamsters. Moi j'ai toujours préféré les corbeaux. Mon mari ne l'aimait pas beaucoup. En vérité, c'est Wilfred qui l'a écorché. Parfois, il peut être très vilain ! Bien, jetons un coup d'œil à cette main. »

Mme Windergast soigna sa brûlure avec toutes sortes de crèmes antiseptiques et des pansements.

« Et voilà ! s'exclama-t-elle lorsqu'elle eut fini. C'est mieux ! »

David voulut se lever mais l'intendante l'arrêta d'un geste :

« Dis-moi, mon petit, comment trouves-tu Groosham Grange ? »

David était fatigué. Il en avait assez de finasser. Alors, il lui dit la vérité.

« Les élèves sont bizarres, répondit-il. Les enseignants sont dingues, l'île est horrible et l'école semble sortie d'un film d'horreur. Je voudrais rentrer chez moi. »

MmeWindergast lui adressa un sourire éblouissant.

« Mais en dehors de cela tu es parfaitement heureux, n'est-ce pas ?

— Madame Windergast... »

L'intendante l'interrompit :

« Bien sûr, je comprends, mon petit. C'est toujours difficile au début. C'est pourquoi j'ai décidé de t'administrer un peu de mon onguent spécial.

— Ça sert à quoi ?

— Il t'aidera seulement à passer une bonne nuit », expliqua Mme Windergast en sortant un tube de sa poche de tablier.

Elle dévissa le bouchon et lui tendit le tube. Le baume était épais et gris foncé mais, curieusement, son odeur était plutôt agréable : une odeur un peu amère d'herbe sauvage. Le seul fait de la respirer relaxa David et l'irradia d'une douce chaleur.

« Il suffit de s'en masser le front, dit Mme Windergast d'une voix qui lui sembla lointaine. Les effets sont merveilleux. Tu verras. »

David ne pouvait pas refuser. Il ne *voulait* pas refuser. Le baume était tiède. Et à peine avait-il touché la peau, qu'il semblait se répandre dans les muscles, dans la chair, jusqu'aux os.

« Maintenant va te coucher, David. Et fais de beaux rêves. »

Était-ce Mme Windergast qui lui parlait ? Il aurait juré que sa voix avait changé.

Et David, cette nuit-là, rêva.

Il se souvint de s'être déshabillé puis couché. Ensuite il avait dû dormir. Mais ses yeux étaient ouverts et il avait conscience de ce qui se passait autour de lui. Les autres garçons du dortoir quittèrent leur lit. Ce n'était pas une surprise, bien sûr. David roula sur le côté et ferma les yeux.

Ou plutôt c'est ce qu'il eut l'intention de faire. Car ensuite il se retrouva tout habillé et il suivit docilement ses camarades. Il trébucha en haut des marches et sentit une main solide le retenir. C'était William Rufus. David sourit, William lui rendit son sourire.

Ils entrèrent dans la bibliothèque. Ce qui se passa ensuite fut assez confus. David se regarda dans le miroir, le grand miroir qui faisait face à la cheminée, et puis il pénétra dans le miroir, en plein dans la glace. Il s'attendait à ce qu'elle se brise, mais elle ne se brisa pas et il se retrouva de l'autre côté. William Rufus lui tira le bras. David avança.

Un passage étroit et sinueux s'enfonçait profondément dans le sol, entre deux parois rocheuses. L'air sentait l'eau salée. Puis le rêve se fragmenta à l'infini. David avait l'impression que, finalement, le miroir s'était brisé et qu'il ne voyait plus que des images réfléchies par ses multiples éclats : une immense caverne très profonde, des stalagmites

argentées surgissant du sol et rejoignant les stalactites suspendues au-dessus. Ou bien était-ce
l'inverse ?

Un grand feu de bois projetait des ombres fantastiques. Tout le collège rassemblé là attendait en
silence quelque chose... ou quelqu'un. Soudain, un
homme surgit de derrière un rocher. Ce fut une
vision que David ne put se contraindre à regarder
car c'était la chose la plus horrible qu'il eût jamais
vue à Groosham Grange. Mais plus tard il s'en sou-
viendrait.

*Deux directeurs, mais un seul bureau, un seul fau-
teuil.*

Le rêve se poursuivit de façon décousue comme
le font tous les rêves : des paroles, un banquet, un
repas de Noël comme jamais David n'en avait eu.
La viande rôtissait au-dessus d'un feu de bois. Du
vin coulait à flots de pichets en argent. Il y avait des
puddings, des gâteaux, des tartes et, pour la première fois, les élèves de Groosham Grange riaient,
criaient, se comportaient comme des êtres vivants.
De la musique montait du sol. David chercha Jill
et, à sa grande surprise, il la vit. Ils dansèrent
ensemble pendant, lui sembla-t-il, des heures ; cela
ne dura pourtant que quelques minutes.

Soudain tout le monde se figea, une silhouette
fendit la foule pour se diriger vers la dalle de pierre.

David voulut crier mais il n'avait plus de voix. La silhouette, c'était Jeffrey. M. Kilgraw l'attendait, tenant la bague. Jeffrey souriait, radieux comme jamais David ne l'avait vu. Il prit la bague et l'enfila. Alors, d'une seule voix, tous les élèves poussèrent des vivats. L'écho se répercuta dans la caverne et c'est avec cette clameur dans les oreilles que...

David se réveilla.

Il avait la migraine et un goût désagréable dans la bouche. Il se frotta les yeux en se demandant où il était. Un soleil froid de matin d'hiver pénétrait dans la pièce. David se redressa lentement et regarda autour de lui.

Il était dans son *lit*, à sa place habituelle dans le dortoir. Ses vêtements se trouvaient exactement là où il les avait posés la veille au soir. Il examina sa main. Le pansement n'avait pas bougé. Autour de lui, les garçons s'habillaient, le visage aussi neutre que d'habitude. David repoussa ses couvertures. Cela n'était rien d'autre qu'un cauchemar. Il esquissa un sourire. Marcher dans un miroir ? Danser avec Jill dans une caverne souterraine ? Bien sûr, c'était un rêve.

David s'étira. Il se sentait inhabituellement ankylosé, ce matin, comme s'il avait couru trente kilomètres. Il se tourna. Jeffrey était assis sur le lit, à moitié vêtu. David songea à leur dernière entrevue dans la bibliothèque et poussa un soupir. Il avait certaines choses à mettre au point.

« Bonjour, Jeffrey, dit-il.

— Bonjour, David, répondit Jeffrey d'un ton un peu hostile.

— Écoute... Je voulais te présenter mes excuses pour hier. D'accord ?

— Tu n'as pas besoin de t'excuser, David, dit Jeffrey en enfilant sa chemise. C'est oublié. »

Pendant ce très bref instant, David remarqua une foule de choses. Mais elles l'assaillirent si rapidement qu'il ne sut laquelle l'avait frappé en premier.

Jeffrey avait changé.

Il ne semblait pas seulement hostile, il l'était véritablement. Sa voix était devenue aussi impassible et distante que celle des autres.

Il ne bégayait plus.

Et la main qui boutonnait sa chemise était différente, elle aussi.

La main de Jeffrey portait une bague noire.

9

Une lettre

Le lendemain de Noël, David s'assit pour écrire une lettre à son père :

> Groosham Grange
> Île du Crâne, Norfolk
> 26 décembre

Cher Papa,

C'est une lettre très difficile à écrire.

Si difficile, en fait, qu'il recommença trois fois la première phrase avant d'être satisfait, et sans même être tout à fait sûr d'avoir écrit *difficile* correctement.

Je sais que je t'ai toujours causé des déceptions. Le métier de banquier ne m'a jamais intéressé et on m'a renvoyé de Beton. Mais je comprends maintenant combien j'ai eu tort. J'ai décidé de devenir caissier à la Banque d'Angleterre. Et si la Banque d'Angleterre ne veut pas de moi, j'essaierai la Banque d'Allemagne. Je suis sûr que tu seras fier de moi si je deviens le Bismarck du guichet.

David ratura cette dernière phrase. La cloche du déjeuner retentit. David ne revint s'asseoir qu'une heure plus tard pour rédiger le paragraphe suivant :

Mais je dois te demander une chose. JE T'EN SUPPLIE, RETIRE-MOI DE GROOSHAM GRANGE. Ce n'est pas que je n'aime pas l'endroit (bien que je ne m'y plaise pas du tout), mais ça n'est pas ce que tu espérais. Si tu savais... jamais tu ne m'y aurais envoyé.
Je crois qu'ils font de la magie noire. M. Kilgraw, le directeur adjoint, est un vampire. M. Creer, qui

enseigne la poterie, l'éducation religieuse et les maths, est mort. Et Mlle Pedicure, qui enseigne l'anglais et l'histoire, devrait l'être, car elle a au moins six cents ans ! Tu penseras sûrement que je suis fou en lisant cela...

David relut ces dernières phrases et se dit que, en effet, il devenait vraiment fou.

... mais je te promets que je dis la vérité. Je crois qu'ils veulent me transformer en une sorte de zombie, comme ils l'ont déjà fait avec mon copain Jeffrey. Il ne m'adresse plus la parole. Il ne bégaie même plus. Et je sais que, si je reste ici plus longtemps, mon tour viendra aussi.

David respira à fond. Sa main était si crispée sur le stylo qu'elle lui faisait mal. Il s'efforça de se relaxer, tira la page devant lui, et continua :

Je ne peux pas décrire toutes les choses qui se sont passées depuis mon arrivée ici. Mais on m'a tailladé, drogué, menacé et presque fait mourir de peur. Je sais que grand-père te faisait tout cela lorsque tu étais enfant, mais je ne trouve pas ça juste car je n'ai rien fait de mal et je ne veux pas devenir un zombie. Je t'en prie, viens visiter l'école. Tu comprendras ce que je veux dire.

Je ne peux pas te poster cette lettre parce qu'il n'y a pas de boîte aux lettres sur l'île. Et si tu m'as écrit, sache que je n'ai rien reçu. Je vais remettre cette lettre à une amie, Jill Green. Elle projette de s'enfuir demain et m'a promis de te la poster. Je lui ai aussi donné ton numéro de téléphone et elle t'appellera (en P.C.V.). Elle pourra te raconter tout ce qui est arrivé et j'espère que tu la croiras.

Je dois m'arrêter là, car c'est l'heure du cours de chimie. On nous enseigne le secret de la vie.

AU SECOURS !

Ton fils, David.

Au moins, personne n'était entré dans la bibliothèque pendant qu'il écrivait. David avait griffonné les mots en gardant un œil sur la porte, et l'autre sur le miroir, si bien que les lignes partaient dans tous les sens et que leur lecture donnait le mal de mer. Mais ça ferait l'affaire. Il plia la feuille en quatre. Il n'avait pas d'enveloppe mais Jill avait promis d'en acheter une, ainsi qu'un timbre, dès qu'elle serait de l'autre côté.

Si tout se passait comme prévu, le Capitaine Baindesang arriverait le lendemain matin à dix heures. Jill sécherait le deuxième cours et se cacherait près du débarcadère. Dès que Gregor et le capitaine auraient déchargé les provisions pour les transporter à l'école, elle monterait sur le bateau et se glisserait sous les vieux sacs. Le bateau repartirait à onze heures. À midi, Jill serait hors de danger, en train de faire de l'auto-stop en direction du sud.

Il fallait que Jill réussisse à s'enfuir. C'était le seul espoir de David.

Tout en se dirigeant vers la salle de cours, David réfléchissait. En supposant que Jill puisse poster la lettre et que son père la lise, celui-ci croirait-il son histoire ? Quelqu'un la croirait-il ?

David n'était pas certain d'y croire lui-même.

10

L'inspecteur

Jill ne quitta même pas l'île.

Le Capitaine Baindesang la découvrit recroque-
villée sous les vieux sacs et la redéposa, tremblante
et misérable, sur la terre ferme.

« Alors, comme ça, tu pensais pouvoir me
rouler, ma jolie ? s'exclama-t-il avec un sourire
de travers. Tu crois que je ne connais pas la
ligne de flottaison de mon propre bateau ? Je
m'apercevrais de la présence à bord d'un
anchois en surnombre ! Une traversée à l'œil,
c'est ça que tu avais en tête ? Eh bien, il te

faudra en écumer des océans, avant de pouvoir filouter un Baindesang ! »

Pendant toute la semaine qui suivit l'incident, Jill attendit dans l'angoisse ce qui allait lui arriver. David lui avait raconté, sans d'ailleurs lui apporter aucune consolation, que, si l'on vous surprenait à faire une fugue de Beton College, on vous rasait la tête et vous deviez marcher pendant un mois avec vos lacets de chaussures noués ensemble. Mais rien n'arriva à Jill. Les punitions n'existaient pas à Groosham Grange. Et si le Capitaine Baindesang s'était donné la peine de signaler l'incident à la direction, personne n'avait réagi.

Ainsi David et Jill étaient-ils encore ensemble à la fonte des neiges, lorsque l'hiver s'effaça en ruisselant devant le printemps. Ils vivaient sur l'île depuis maintenant sept semaines. À l'école, rien n'avait changé. Ils étaient toujours des marginaux. Mais David savait que lui-même avait changé, et cela l'effrayait.

Il commençait à apprécier la vie sur l'île. Presque malgré lui il réussissait bien en classe. Le français, l'histoire, les maths, même le latin. Il apprenait facilement. Il jouait dans la première équipe de football, et bien qu'aucune autre école ne vînt disputer de matches sur l'île, il prenait plaisir à jouer, même avec le ballon en vessie de porc. Et puis il y avait Jill. David comptait sur elle autant qu'elle comptait sur lui. Ils passaient tous leurs loisirs ensemble, à se promener, à bavarder. Elle était devenue l'amie la plus proche qu'il eût jamais eue.

L'échec de son évasion l'avait soulagé. Et c'est bien ce qui l'inquiétait. Malgré le soleil et les premières lueurs du printemps, quelque chose de diabolique se passait à Groosham Grange. Et lentement, sûrement, cette chose absorbait David. S'il commençait à se plaire ici, dans combien de temps deviendrait-il comme les autres ?

Jill l'aidait à garder la tête froide. L'Opération Bouteille était son idée. Chaque jour, pendant une semaine, ils volèrent toutes les bouteilles possibles pour les jeter à la mer avec un message d'appel au secours à l'intérieur. Ils adressèrent des bouteilles à leurs parents, à la police, au ministère de l'Éducation, et même, dans un moment de désespoir, à la reine d'Angleterre. David était intimement persuadé que les bouteilles couleraient avant d'atteindre la côte du Norfolk, ou bien qu'elles seraient refoulées sur l'île par les vagues. Mais il se trompait. L'une des bouteilles arriva.

Ce fut M. Leloup qui annonça la nouvelle.

Le professeur de français était un petit homme chauve à l'air timide. Du moins était-il petit, chauve et timide au début du mois. Car, à l'approche de la pleine lune, il se métamorphosait. Son corps prenait du volume comme celui de l'incroyable Hulk. Son visage devenait chaque jour plus féroce et d'abondants cheveux lui couvraient peu à peu le crâne. Puis, le soir de la pleine lune, il disparaissait, pour reparaître le lendemain sous son aspect initial, et le cycle recommençait. Ses vêtements avaient été déchirés et recousus si souvent qu'ils devaient être « reprisés » par des kilomètres de fil. En classe, quand il se mettait en colère (et il avait un tempérament bouillant), il ne criait pas. Il aboyait.

Ce matin-là, le premier février, il était très en colère.

« Il semble que ce collège ait un petit problème, annonça-t-il avec son accent français outrancier. Un fouineur du ministère de l'Éducation a décidé de nous rendre visite. Demain, nous devrons donc nous conduire convenablement, ajouta-t-il en jetant un regard appuyé à Jill et David. Personne ne devra parler avec cet homme sauf s'il vous adresse la parole. »

Lorsqu'elle retrouva David, Jill avait bien du mal à contenir son excitation.

« Il a dû recevoir un de nos messages. Si le ministère de l'Éducation découvre la vérité sur Groosham Grange, ils fermeront l'école et ce sera fini. Nous serons libres !

— Je sais, grommela David d'un air sombre. Mais ils ne nous laisseront pas l'approcher. Si nous lui parlons, il lui arrivera probablement quelque chose de terrible. Et à nous aussi. »

Jill lui jeta un regard courroucé.

« Ils ont fouillé tes affaires ? Ils ont intercepté nos messages ? demanda-t-elle, subitement affolée.

— Bien sûr que non ! Sinon comment cet inspecteur aurait-il eu le message, selon toi ? »

*
* *

M. Troloin arriva sur l'île le lendemain matin. C'était un homme mince et soigné, en complet gris, avec des lunettes et une mallette en cuir. Il fit la traversée avec le Capitaine Baindesang et fut accueilli par M. Kilgraw. Il leur accorda un sourire bref, officiel, et une poignée de main tout aussi brève et officielle. C'était un homme très officiel. Partout où il allait, il prenait des notes, posait quelques questions et inscrivait dans un carnet les réponses d'une écriture soignée et officielle.

Au grand désarroi de David et de Jill, toute l'école s'était mise en frais pour lui. On aurait dit une visite royale dans un hôpital, quand on récure les sols et que les patients vraiment mal en point sont cachés dans les placards. Tout était destiné à impressionner M. Troloin. Les enseignants avaient revêtu leurs plus beaux habits et les élèves semblaient vivants, intéressés et, surtout, normaux. On lui présenta cérémonieusement deux d'entre eux, qui répondirent à ses questions avec juste ce qu'il fallait d'enthousiasme. Oui, ils étaient heureux à Groosham Grange. Oui, ils travaillaient dur. Non, ils n'avaient jamais pensé à s'enfuir.

M. Troloin fut enchanté. Il ne pouvait en être autrement. À mesure que la journée s'écoula, il se détendit et même la vue de Gregor, portant sur son dos bossu un sac de pommes de terre à la cuisine, ne fit que l'enchanter davantage.

« L'Académie est très sensible à l'emploi des personnes handicapées, l'entendit-on remarquer. Ne serait-il pas un peu... drôle, également ?

— Très très drôle, acquiesça M. Kilgraw.

— Excellent, excellent ! Parfait ! » approuva M. Troloin en tournant une page de son carnet.

À la fin de la journée, l'inspecteur était d'une humeur excellente. Bien sûr, il était déçu de ne pouvoir rencontrer les directeurs, censés être partis assister à une conférence, mais tout ce qu'il avait vu le satisfaisait. David et Jill lui jetèrent un regard dépité. Leur unique chance était de se faufiler jusqu'à lui, or c'était impossible. Ils n'avaient pu approcher M. Troloin. On ne lui avait pas fait visiter leurs classes. Et chaque fois qu'il s'était trouvé à leur portée, M. Kilgraw l'avait vivement entraîné ailleurs.

« C'est maintenant ou jamais », chuchota Jill quand M. Kilgraw raccompagna le visiteur à la grande porte.

Ils venaient juste de terminer leurs devoirs et disposaient d'une heure de loisir avant de se coucher. Jill serrait un papier dans sa main. Tous deux avaient rédigé un message la veille au soir. Ce message disait : *LES CHOSES NE SONT PAS TELLES QU'ELLES PARAISSENT À GROOSHAM GRANGE. VOUS COUREZ UN GRAND DANGER. RETROUVEZ-NOUS SUR LES FALAISES À 19 H 45. NE MONTREZ CE MESSAGE À PERSONNE.*

M. Kilgraw et l'inspecteur descendaient le corridor dans leur direction.

« Une journée fort agréable, disait M. Troloin. Cependant je dois vous avouer, monsieur Kilgraw, que nos services sont assez étonnés de n'avoir aucun rapport sur Groosham Grange. Apparemment vous ne possédez même pas de licence...

— Est-ce un problème ? s'enquit M. Kilgraw.

— Je le crains. Il y aura une enquête. Mais je peux vous assurer que mon rapport vous sera tout à fait favorable. »

Jill et David démarrèrent en même temps et s'élancèrent dans le corridor, feignant de se dépêcher pour se rendre quelque part. À mi-chemin ils se trouvèrent face aux deux hommes qui s'étaient arrêtés pour les laisser passer. David trébucha et bouscula M. Kilgraw contre le mur. Pendant ce temps, Jill glissa le morceau de papier dans la main de M. Troloin.

« Excusez-moi, monsieur », marmonna David.

La scène avait duré à peine trois secondes. Ils poursuivirent leur chemin comme si rien ne s'était passé. Le directeur adjoint n'avait rien remarqué et M. Troloin avait le message. La question restait maintenant de savoir s'il se rendrait au rendez-vous sur les falaises.

Dès que les deux hommes eurent tourné le coin

du couloir, Jill et David revinrent sur leurs pas, puis ils quittèrent l'école par une sortie de service qui menait au cimetière. Personne ne les vit partir.

« Quelle heure est-il ? demanda David.

— Sept heures et quart.

— Nous avons une demi-heure devant nous. »

Ils traversèrent le terrain de sport en courant, longèrent le lac et obliquèrent vers la forêt. La nuit était claire et douce. La lune éclairait le chemin au milieu des arbres, mais aucun d'eux ne leva les yeux, aucun d'eux ne la vit.

C'était la pleine lune.

Ils firent une halte à l'orée de la forêt pour reprendre leur souffle.

« Tu es certaine que c'est une bonne idée ? demanda David.

— Il fallait prendre ce chemin, répondit Jill. Par la route, quelqu'un risquait de nous voir.

— Cette forêt me donne la chair de poule.

— L'île tout entière me donne la chair de poule. »

Ils reprirent leur course à travers la forêt. Là, la voûte des feuillages arrêtait la lumière de la lune, et tout était obscur et silencieux. Cette forêt ne ressemblait à aucune de celles que connaissait David. Les arbres paraissaient noués entre eux, des épines et des ronces serpentaient autour des troncs. Des

champignons fantastiques surgissaient du sol, et il en suintait un liquide jaune hideux quand on marchait dessus. Rien ne bougeait. Pas un oiseau, pas une chouette, pas un souffle de vent.

Et puis le loup hurla.

Jill saisit le bras de David si brusquement qu'elle faillit déchirer sa chemise.

« Qu'est-ce que c'est ? chuchota-t-elle.

— Sûrement un chien, répondit David sur le même ton.

— Je n'ai jamais entendu un chien crier comme ça.

— Pourtant ça ressemblait à un chien.

— Tu es certain ?

— Bien sûr, j'en suis certain. »

Le loup hurla à nouveau.

Ils se mirent à courir.

Ils couraient droit devant eux, plongeant sous les branches basses, sautant par-dessus les broussailles. Bientôt ils furent complètement perdus. La forêt les avait engloutis. Ils erraient dans un incroyable dédale qui semblait continuer de croître pendant qu'ils luttaient pour avancer. Et l'animal, quel qu'il fût, se rapprochait. David ne pouvait pas le voir. Il le regrettait presque. Car il devinait sa présence et c'était pire, bien pire. Son imagination délirait. Il voyait le loup plantant ses griffes dans sa nuque, il l'entendait grogner pendant que ses crocs lui déchiraient la gorge. Le loup...

« On ne peut pas continuer ! » hoqueta Jill en faisant halte.

David s'arrêta près d'elle, hors d'haleine, la chemise trempée de sueur. Pourquoi avaient-ils choisi ce chemin ? Il avait trébuché dans un lit de chardons et sa main droite le brûlait comme du feu. Et ce sentier sinueux les avait conduits au bout d'une impasse de buissons et de ronces. David regarda autour de lui. Une branche était tombée à terre, sans doute abattue au cours d'une tempête. En la saisissant à deux mains il parvint à la libérer des ronces et la souleva.

« David ! »

Il fit volte-face. Maintenant il voyait quelque chose. Mais il faisait trop sombre pour distinguer ce que c'était. Un loup, un homme... ou quelque chose entre les deux ? On ne discernait qu'une forme, une masse de fourrure noire avec deux yeux rouges luisants au milieu. On l'entendait, aussi. Un grognement sourd et grave qui donnait la chair de poule.

Impossible de faire demi-tour. La créature bloquait le passage.

Impossible d'avancer.

La créature bondit.

David leva son bâton et frappa.

Il ferma les yeux à la dernière seconde mais il sentit le choc. Ses bras tremblèrent. La créature poussa un cri. Puis il y eut des craquements de branchages. David rouvrit les yeux. Le monstre était parti.

Jill le rejoignit et posa une main sur son épaule.

« Ce n'était pas un chien, dit-elle.

— Alors qu'est-ce que c'était ?

— Je ne sais pas, murmura-t-elle d'un air songeur. Mais il grognait avec un accent français... »

Ils avaient atteint l'extrémité sud de l'île, où le terrain descendait en pente abrupte pour s'incurver ensuite autour de la pointe. Après avoir franchi les derniers enchevêtrements de la forêt, ils traversèrent la route et coururent jusqu'aux falaises où ils étaient convenus de rencontrer M. Troloin. Jill consulta sa montre. Il leur restait encore dix minutes.

Ils attendirent là, à l'à-pic de la mer. L'endroit était couvert d'un tapis d'herbe tendre. Vingt mètres au-dessous, les vagues luisaient sous le clair de lune et se fracassaient contre les rochers qui pointaient, sculptés par la mer.

« Tu crois qu'il viendra ? demanda David.

— Je crois qu'il est déjà là », répondit Jill.

Quelqu'un traversait le plateau dans leur direction, silhouette noire se découpant sur le ciel pâle. Il se trouvait encore à environ trois cents mètres. En les apercevant, l'inspecteur s'arrêta et jeta un coup d'œil derrière lui. Il avait peur. Cela se voyait à sa façon de marcher.

Il avait parcouru une centaine de mètres, le long de la falaise, lorsque la chose se produisit. D'abord David pensa qu'il avait été piqué par une guêpe, puis il se souvint qu'il n'y avait pas encore de guêpes en mars. L'homme avait sursauté, rejeté la tête en arrière, et porté une main à son cou. Le même phénomène se reproduisit une deuxième fois, mais cette fois ce fut son épaule. Il y porta la main et pivota, comme si on lui avait tiré dessus. Mais il n'y avait pas eu de coup de feu, et il n'y avait personne en vue.

M. Troloin, car c'était bien lui, poussa un cri aigu. Un de ses genoux se déroba sous lui. Il tomba à la renverse, s'arc-bouta et cria encore, les deux mains battant le vide.

« Que lui arrive-t-il ? » murmura Jill, les yeux agrandis de stupeur.

David secoua la tête, incapable de dire un mot.

La scène était terrifiante, le calme de la nuit et la lueur de la lune la rendaient plus terrifiante encore. Le corps de M. Troloin était agité de soubresauts comme une marionnette désarticulée. Jill et David restèrent figés, impuissants. D'abord, ils le crurent mort. Soudain M. Troloin tendit la main pour saisir sa mallette, il réussit tant bien que mal à se remettre debout. Pendant un instant il vacilla au bord de la falaise.

« Je ferai mon rapport ! » cria-t-il.

Alors un projectile le frappa en plein cœur. Il bascula dans l'obscurité et alla s'écraser en bas, sur les rochers.

David et Jill demeurèrent pétrifiés, muets pendant très, très longtemps. Puis David passa un bras autour des épaules de Jill.

« Nous ferions mieux de rentrer », dit-il.

Pourtant, pour David, la nuit n'était pas terminée.

Ils s'étaient faufilés dans l'école sans se faire remarquer et avaient chuchoté un « bonne nuit » tremblant dans le couloir. Les autres garçons étaient déjà couchés et dormaient profondément quand David se déshabilla pour se glisser dans son lit. Mais le sommeil ne vint pas. Pendant ce qui lui parut des heures il resta étendu, les yeux ouverts, à s'interroger sur ce qui s'était passé et ce qui se passait ensuite. Puis il entendit un bruit :

« David... »

C'était son propre nom, chuchoté dans l'obscurité par quelqu'un qui n'était pas là. Il se retourna et enfouit sa tête dans l'oreiller, sûr d'avoir rêvé.

« David... »

La même voix, douce, insistante, qui chuchotait non seulement dans son oreille mais à l'intérieur de sa tête. Il se redressa dans son lit. Rien ne bougeait autour de lui.

« David, rejoins-nous... »

Il lui fallait obéir. Comme un somnambule, il sortit de son lit, enfila son peignoir et quitta sans bruit le dortoir. L'école était plongée dans l'obscurité mais en bas, dans le grand hall, un rectangle de lumière filtrait d'une porte entrouverte et s'étirait sur le tapis. C'est là que la voix désirait le conduire. Dans la salle des professeurs. Il hésita, effrayé de ce qu'il risquait d'y découvrir, mais la voix insista. Il devait obéir.

Il descendit l'escalier et, sans frapper, entra dans la pièce. Là, dans la lumière crue, l'état hypnotique dans lequel flottait David se dissipa quand il se retrouva face à tous les enseignants de Groosham Grange.

Mme Windergast, assise dans un fauteuil très proche de la porte, tricotait. Près d'elle se tenait M. Creer, les yeux fermés, respirant à peine. Gregor était accroupi près de la cheminée et ricanait tout seul. Face à la cheminée se dressait M. Leloup, la moitié du visage rouge et enflée. David se souvint de la créature, dans la forêt, qu'il avait repoussée d'un coup de bâton, et il ne fut pas surpris de croiser le regard venimeux du professeur de français. Mais ce fut surtout Mlle Pedicure qui retint son attention. Elle était assise devant une table, au milieu de la pièce. À l'entrée de David, elle se mit à glousser en jetant un objet devant elle. C'était une figurine en cire, mince, avec des lunettes et une petite mallette. Des aiguilles étaient piquées clans son cou, ses bras, ses jambes, son torse, et une autre, la treizième, enfoncée dans le cœur.

« Entre, David. »

M. Kilgraw se tenait devant la fenêtre, le dos à la pièce. Il se retourna et marcha jusqu'à la table. Ses yeux passaient alternativement de David à la poupée d'argile.

« Croyais-tu réellement pouvoir nous abuser, David ? »

Il n'y avait aucune menace dans sa voix. Mais la menace planait dans la pièce même, elle tournoyait dans l'air comme la fumée d'une cigarette.

« En écrivant ton message, tu as signé l'arrêt de mort de M. Troloin, reprit M. Kilgraw. C'est regrettable, mais tu ne nous as pas laissé le choix. »

Les yeux de M. Kilgraw se posèrent sur David.

« Qu'allons-nous faire de toi, David ? Tu travailles bien en classe. Tu commences, je crois, à te plaire sur l'île. Mais tu continues de nous résister. Tu refuses encore de nous abandonner ton esprit. »

David ouvrit la bouche pour parler, mais M. Kilgraw lui imposa le silence d'un geste de la main.

« Le temps nous presse, poursuivit-il. Il ne nous reste que quelques jours. Je serais triste de te perdre, David. Nous le serions tous. C'est pourquoi j'ai décidé de prendre des mesures draconiennes. »

M. Kilgraw ramassa la poupée et retira l'aiguille plantée dans le cœur. Une goutte de sang rouge vif tomba sur la table.

« Tu te présenteras à la salle d'études demain à une heure. Il est temps que tu rencontres les directeurs. »

11

Les directeurs

« Il est temps que tu rencontres les directeurs. »

David les avait entendus parler, il était entré dans leur bureau, mais depuis son arrivée sur l'île, jamais il n'avait rencontré M. Fitch ni M. Teagle.

Cette nuit-là, David ne put trouver le sommeil. Au fond de lui grondait une sourde colère. Ce n'était pas juste. L'idée des bouteilles était de Jill. Alors pourquoi s'en prenait-on à lui ? Et que feraient de lui les directeurs ? À Beton, toute visite chez le principal signifiait invariablement six coups de fouet. Même à l'issue de la fête de fin de trimestre, il battait généralement plusieurs élèves et, un jour mémorable, il avait même cravaché deux ou trois parents. Or, Groosham Grange possédait deux directeurs. Fallait-il s'attendre à une double punition ?

David finit enfin par s'endormir, mais d'un sommeil troublé par des rêves de loups, de bagues noires et de miroirs sans reflet. Il se voyait, en haut des falaises, assister à la chute de M. Troloin. Mais c'était lui qui tenait la figurine en cire, lui qui y piquait les aiguilles. Ensuite il voyait approcher le fauteuil roulant de son père, qui brandissait un paquet de müesli. David pointait le doigt vers lui en marmonnant des mots incompréhensibles et tout explosait, et...

Il se réveilla.

La matinée s'éternisa, pesante comme un sac de briques. Maths, histoire, littérature. David ne vit pas Jill – ce qui, compte tenu de son humeur, était sans doute aussi bien. Il ne saisit pas un mot de ce qu'il entendit. Il ne pensait qu'à sa convocation et son regard restait rivé aux pendules. Les aiguilles des minutes semblaient avancer plus vite qu'elles n'auraient dû. Et les autres élèves savaient. Il les

sentait l'observer, chuchoter entre eux. Les professeurs faisaient de leur mieux pour l'ignorer.

Enfin le moment arriva. David réprima l'envie de courir se cacher quelque part. Il savait que cela ne changerait rien. On le retrouverait pour le traîner devant les directeurs, et il ne voulait pas passer pour un lâche. À une heure précise, il se présenta devant la porte du bureau. Il prit une profonde respiration, leva la main, et frappa.

« Tu peux...

— ... entrer. »

Dirent les deux voix en même temps. M. Fitch prononça le premier mot, M. Teagle le second. David entra.

Le soleil avait dû se cacher derrière un nuage car la pièce était sombre. La lumière filtrait à peine à travers les vitraux, et le sol dallé de marbre noir rendait l'endroit plus obscur encore. David referma la porte et s'avança lentement vers le bureau. Il y avait deux hommes assis derrière, qui l'attendaient.

Non. UN homme.

Pourtant...

David sentit un frisson d'horreur lui remonter tout le long du dos. Il n'y avait qu'un seul directeur à Groosham Grange, mais deux têtes. Ou, si l'on préfère, il y avait deux têtes à la tête de l'école.

M. Fitch était chauve, avec un nez crochu et des yeux de vautour. M. Teagle avait de maigres cheveux gris, une petite barbe et des lunettes. Mais les deux têtes appartenaient à un seul et même corps, vêtu d'un complet sombre et d'une cravate vert vif, assis sur l'unique fauteuil derrière l'unique bureau. Les deux têtes avaient un cou en forme de Y. Juste avant de s'évanouir, David se demanda lequel des deux avait choisi la cravate.

Il reprit connaissance dans le dortoir, allongé sur son lit.

« Tu te sens mieux, mon petit ? »

Assise à son chevet, Mme Windergast l'observait anxieusement. Elle avait desserré son col et mouillé son visage d'eau fraîche.

« De toute évidence, tu n'étais pas encore prêt à rencontrer les directeurs, susurra l'intendante. C'est une expérience assez éprouvante. Ces pauvres M. Fitch et M. Teagle étaient si distingués et élégants avant leur petit accident. »

Si ça c'était un « petit accident », à quoi ressemblait une catastrophe ?

« Nous nous sommes tous inquiétés pour toi, David », poursuivit Mme Windergast.

Elle avança la main pour lui tamponner le front avec une éponge humide.

David se recula. Il n'y avait peut-être que de

l'eau sur cette éponge, mais à Groosham Grange on n'était jamais sûr de rien. Une petite goutte et vous pouviez vous retrouver avec trois yeux et une passion démesurée pour le sang frais.

L'intendante poussa un soupir et laissa retomber son bras.

« L'ennui, dit-elle, c'est que nous t'avons trouvé assez tard, et maintenant le temps presse. Il nous reste seulement deux jours ! Ce serait vraiment dommage de te perdre, vraiment dommage. Tu es un garçon bien, David. J'espère sincèrement...

— Laissez-moi seul ! » la coupa David en se détournant.

Il ne supportait plus de la voir. Mme Windergast avait peut-être l'apparence d'une grand-mère, mais de la grand-mère de Jack l'Éventreur.

« Très bien, mon petit. Je sais que tu es bouleversé. »

Mme Windergast se leva et quitta le dortoir d'un pas affairé.

David resta allongé, ravi d'être seul. Il avait besoin de temps pour réfléchir, pour s'éclaircir les idées. Déjà le souvenir des directeurs s'effaçait, comme si sa raison refusait d'en conserver l'image. Il préféra penser aux dernières paroles de Mme Windergast : « Deux jours seulement. » Pourquoi deux jours ?

Tout à coup le déclic se fit. Il aurait dû y penser plus tôt. On était le 2 mars. Sans vacances ni courrier arrivant sur l'île, il était facile d'oublier le calendrier. Mais le 4 mars, dans deux jours, était une date qu'il gardait gravée dans sa mémoire. C'était son anniversaire. Son treizième anniversaire.

Puis il se rappela encore qu'en parlant avec Jeffrey (à l'époque où ils se fréquentaient encore), le gros garçon avait fait allusion à la malchance qui voulait que son anniversaire tombât le jour de Noël. Avec les récents événements, David avait négligé ce détail, mais maintenant il s'en souvenait. Or, c'était à Noël que l'attitude de Jeffrey avait changé. À Noël qu'il avait reçu la bague noire. Pour son treizième anniversaire.

Dans deux jours exactement viendrait le tour de David. Ou bien il accepterait la bague et tout ce qui allait avec, ou bien...

Il préférait ne pas imaginer l'alternative.

David se leva. Il ne pouvait plus attendre. Le temps était compté. Il savait qu'il devait fuir Groosham Grange. Et il savait quand.

Maintenant il savait comment.

12

Évasion !

Le lendemain, un mardi – veille de l'anniversaire de David –, le Capitaine Baindesang revint sur l'île. Il apportait trois caisses de ravitaillement. Une grande fête était prévue pour le lendemain soir, dont David savait qu'il serait l'hôte d'honneur. Pourtant il n'avait pas la moindre intention d'y assister. Si les choses se passaient comme il l'espérait, l'hôte d'honneur roulerait dans un train en direction de Londres avant que quiconque ait remarqué son absence !

Le soleil déclinait déjà. David et Jill, accroupis

derrière une dune, observaient Gregor et le capitaine décharger la dernière caisse. Le bateau avait accosté très tard. Mais il était là. C'était la dernière chance de David. Depuis son entrevue avec les directeurs, c'est à peine s'il avait prononcé un mot. Jill aussi était étrangement silencieuse. Quelque chose la troublait. Pourtant ce fut elle qui finit par rompre le silence.

« Ça ne marchera pas, dit-elle. Je t'ai déjà prévenu, David. Il n'y a aucun endroit où l'on puisse se cacher à bord sans être repérés.

— Nous n'allons pas nous cacher à bord, répondit David.

— Qu'allons-nous faire alors ? Voler le bateau ?

— Exactement. »

Jill le dévisagea en se demandant s'il plaisantait. Mais le visage de David était pâle et grave.

« Voler le bateau ? répéta Jill dans un murmure.

— À notre arrivée, le premier jour, le capitaine a laissé les clefs sur le tableau de bord. Ça m'avait frappé, expliqua David en passant sa langue sur ses lèvres sèches. C'est la dernière chose à laquelle ils doivent s'attendre, et c'est notre seule chance.

— Tu sais manœuvrer un bateau ?

— Non. Mais ça ne doit pas être bien différent d'une voiture.

— Une voiture ne risque pas de sombrer. »

David jeta un dernier coup d'œil vers les falaises. Gregor et le capitaine avaient disparu et l'on n'entendait plus la Jeep. Il toucha l'épaule de Jill et tous deux s'élancèrent. Les gravillons crépitèrent sous leurs pas. Le bateau ballottait près de la jetée. Le Capitaine Baindesang n'avait pas jeté l'ancre mais amarré le bateau à une borne avec un nœud qui ressemblait à six serpents enroulés dans une machine à laver.

Délaissant ce détail pour le moment, David sauta à bord et se dirigea vers le gouvernail. L'espace d'un horrible moment, il crut s'être trompé et que, cette fois, le capitaine avait emporté les clefs avec lui.

Le bateau tangua sous ses pieds. David aperçut le porte-clefs, un crâne en émeraude, qui se balançait au bout d'une chaînette. La clef était à sa place. David poussa un immense soupir de soulagement. Dans quelques minutes, ils seraient loin.

« Comment ça marche ? »

Jill l'avait rejoint. Elle le mettait au défi. David examina les instruments de contrôle. Il y avait un volant (ça c'était facile) et un levier qui devait probablement actionner la marche avant et la marche arrière. Mais pour le reste des boutons, des manettes, des voyants, ils auraient pu servir à expédier le bateau sur la Lune que David n'en aurait rien deviné.

« Alors, comment ça marche ? répéta Jill.

— Ce n'est pas difficile, rétorqua David d'un ton agacé. Il suffit de tourner la clef de contact et...

— Alors pourquoi ne le fais-tu pas ?

— Je vais le faire. »

Il le fit.

Rien ne se passa.

David tourna encore, si fort qu'il manqua tordre la clef. Mais le moteur refusait de tousser, ou même de chuchoter.

« On peut toujours partir à la nage », remarqua Jill.

David pressa un gros bouton rouge situé au-dessus de la clef de contact. Aussitôt le moteur se mit à pétarader bruyamment, et l'eau à bouillonner à l'arrière.

« Je vais défaire l'amarre, dit David.

— Non, l'arrêta Jill en ramassant un couteau qui traînait sur le pont. Occupe-toi des manettes, moi je m'occupe du nœud. »

Le bateau était attaché à l'avant et, pour atteindre le cordage, Jill dut à nouveau enjamber le bastingage et sauter sur la jetée. Elle se baissa près de la borne d'amarrage pour s'attaquer au nœud. Le couteau était bien aiguisé, mais la corde épaisse, et elle avait beau scier de toutes ses forces, cela n'avançait guère. David attendait. Sous ses pieds le pont de bois vibrait. Le moteur paraissait plus sonore que d'habitude. L'entendait-on de l'école ? Il leva la tête.

Et frissonna.

Le Capitaine Baindesang revenait. Le vent avait dû porter le bruit du moteur en haut des falaises. Ou bien leur absence avait été remarquée. Quoi qu'il en soit, le résultat était le même. Ils étaient démasqués. Le Capitaine Baindesang et Gregor roulaient vers eux à toute vitesse.

« Jill ! cria David.

— Reste où tu es ! » répondit-elle en redoublant d'efforts.

Elle avait déjà entaillé la moitié de la corde mais Gregor et le capitaine approchaient. Déjà ils avaient atteint le bas des falaises. Dans vingt secondes ils seraient à la jetée.

Jill redressa la tête, respira à fond et s'acharna sur le cordage. Elle sciait, hachait, déchiquetait. La corde commençait à craquer, à s'effilocher, mais refusait de céder complètement.

« Vite ! » cria David.

Il ne pouvait rien faire. Ses jambes étaient devenues raides comme du bois. La Jeep s'arrêta au bout de la jetée en faisant crisser les pneus. Le Capitaine

Baindesang et Gregor bondirent. La peur crispa le visage de Jill, pourtant elle continua de s'acharner sur la corde. La lame mordit un autre fil.

Gregor devançait de peu le capitaine sur la jetée. Jill poussa un cri et abattit violemment le couteau.

La corde céda.

« Jill ! » hurla David.

Trop tard. Gregor se jeta sur Jill, lui emprisonnant les bras et les jambes avant qu'elle ait pu faire un geste.

« Pars, David ! Va-t'en ! » cria Jill.

La main de David s'abattit sur le levier. Il sentit le bateau trépider sous lui quand l'hélice fit bouillonner l'eau. Le bateau recula vers le large, traînant la corde coupée en travers de la jetée.

C'est alors que le Capitaine Baindesang plongea en avant. Avec un cri de triomphe il parvint à saisir l'amarre et s'y cramponna.

Le bateau s'était éloigné de quelques mètres. Jill observait la scène d'un regard désespéré, immobilisée par le nain. Gregor ricanait de façon atroce, son œil unique exorbité. Le moteur hurlait. L'hélice battait une eau écumeuse et boueuse. Mais le bateau ne bougeait pas. Le Capitaine Baindesang le retenait, les talons plantés dans les planches de la jetée, comme un cow-boy dressant un cheval sauvage. Une grimace tordait sa bouche. Sa figure était violacée. David n'en croyait pas ses yeux. Le capitaine *devait* lâcher ! Il *ne pouvait pas* résister à la traction du moteur lancé à pleine puissance !

Mais David s'aperçut qu'il n'avait pas poussé à fond le levier d'accélération. Avec un cri de désespoir, il l'abaissa jusqu'au dernier cran.

Le Capitaine Baindesang résista encore ! C'était une lutte impossible, un homme contre un bateau. Le bateau rugissait, il se cabrait presque hors de l'eau. Pourtant l'homme refusait de lâcher prise, ses mains semblaient fixées sur la corde comme des étaux...

« Aaaaaaaaaargh ! »

Le Capitaine Baindesang hurla. À cet instant le bateau bondit.

David était médusé.

Les mains du capitaine étaient toujours agrippées à la corde... mais elles n'étaient plus attachées à ses bras. La force du moteur les lui avait arrachées. Et quand le bateau recula, elles tombèrent dans la mer avec un petit « floc ».

David, épouvanté, tourna le volant et le bateau pivota. Il poussa la marche avant. L'eau gicla comme un geyser.

Enfin il était parti. Il laissait Groosham Grange, l'île du Crâne, Jill et le désormais sans-mains Capitaine Baindesang, loin derrière lui.

13

Le train fantôme

David traversa le champ en courant. L'herbe lui arrivait jusqu'aux aisselles. Derrière lui se trouvait le bateau, non pas amarré à la jetée, mais encastré dedans. La traversée n'avait pas été de tout repos.

Une nuit avait passé. Avec le brouillard, les courants marins et les instruments de bord inconnus, il avait fallu plus longtemps que prévu pour traverser et le jour tombait déjà lorsque David avait heurté la côte du Norfolk. Il avait dû attendre l'aube du lendemain dans la cabine encombrée. Aux premières lueurs du matin, il s'était aperçu qu'il avait touché terre exactement à l'endroit où on les avait embarqués la première fois.

Le champ montait doucement vers le moulin à vent aux murs d'un blanc éclatant que David avait remarqué à l'aller. De plus près, le bâtiment apparaissait désert et délabré, battu par le vent et la pluie. Les ailes n'étaient plus que des armatures en bois tordu, comme des squelettes d'oiseaux. Le moulin était depuis longtemps désaffecté.

Un peu plus loin, David découvrit une route et il s'y posta, titubant, gelé et épuisé. Une voiture le dépassa à vive allure. Il cligna les yeux. Il avait presque oublié à quoi ressemblait une voiture ordinaire. David regarda anxieusement derrière lui. Personne n'avait pu le suivre. Mais avec Groosham Grange, on n'était sûr de rien.

Il devait rejoindre au plus vite une ville, la civilisation. Il n'avait pas d'argent. Cela impliquait donc de faire de l'auto-stop. David leva le bras, le pouce en l'air. Quelqu'un allait sûrement s'arrêter. Il fallait que quelqu'un s'arrête.

Soixante-dix-sept voitures passèrent. David les compta. Non seulement les conducteurs ne s'arrêtaient pas mais ils accéléraient, apparemment pressés de l'éviter. Qu'y avait-il en lui qui clochait ? Il n'était qu'un garçon de treize ans comme les autres, épuisé et perdu, qui faisait de l'auto-stop.

Treize ans ! « Bon anniversaire », murmura-t-il. La mine maussade, il fit une nouvelle tentative.

La soixante-dix-neuvième voiture s'arrêta. C'était une Ford Cortina rouge conduite par un gros homme jovial qui s'appelait Horace Tobago. M. Tobago était représentant de commerce. Il vendait des farces et attrapes et du matériel de magie, et n'avait pas besoin de le préciser. Le bonbon qu'il lui offrit était en savon, et la boîte à gants contenait deux tourterelles, un lapin et un chapelet de saucisses en caoutchouc.

« Alors, d'où viens-tu ? questionna Horace Tobago en levant le menton – ce qui eut pour effet de faire tournoyer son nœud papillon.

— De l'école, marmonna David.

— Tu as fait une fugue ? dit Horace en levant les sourcils.

— Oui, admit David. Je dois aller au commissariat de police.

— Pourquoi ?

— Je suis en danger, monsieur Tobago. C'est une école de fous. Elle se trouve sur une île. Ce sont tous des vampires, des sorcières et des fantômes. Et ils veulent que je devienne l'un d'entre eux. Il faut les arrêter !

— Ha ha ha ha ha ! »

Horace Tobago riait ou plutôt hennissait. Sa figure devint écarlate et la fleur de sa boutonnière projeta un jet d'eau sur le pare-brise.

« Tu es un petit plaisantin aussi, n'est-ce pas, David ? s'exclama-t-il enfin. Un drôle de farceur ! Je pourrais peut-être te vendre des boules puantes !

— C'est la vérité ! protesta David.

— Bien sûr ! Bien sûr ! Et moi je m'appelle le comte Dracula ! s'esclaffa le représentant en farces et attrapes. Des vampires et des sorcières. Sacrée blague, mon ami ! Sacrée blague ! »

David descendit de voiture à la première ville. Hunstanton. M. Tobago avait tellement ri pendant le trajet que des larmes roulaient sur ses joues et qu'une fausse verrue était tombée de son menton. David attendit que la voiture eût disparu pour se mettre en route.

Hunstanton était une station balnéaire sans doute très colorée et très animée l'été, mais sinistre hors saison. Un fatras de toits et de tours en ardoises grises, de boutiques et de pavillons accrochés sur le flanc d'une colline qui descendait vers une mer froide et houleuse. Le long du quai s'agglutinaient de nombreux bateaux de pêche, à moitié ensevelis sous leurs propres filets et qui semblaient pris au piège comme les poissons qu'ils étaient censés pêcher. Au loin, des bâches grises et des baraques en bois entouraient ce qui devait être, l'été, une fête foraine. Mais, par cette journée sans soleil de printemps, rien ne pouvait moins ressembler à une fête.

David devait trouver le commissariat.

Une idée fort désagréable lui vint soudain à l'esprit. Horace Tobago n'avait pas cru un seul mot de ce qu'il lui avait dit. Pourquoi les policiers le croiraient-ils ? S'il entrait dans le commissariat en racontant des histoires de sorcières et de magie noire, ils le prendraient sûrement pour un sacré menteur ou pour un fou échappé de l'asile. Pire, ils risquaient de l'arrêter et d'appeler l'école.

On sait bien que les adultes ne croient jamais les adolescents de treize ans.

David regarda autour de lui. Il était juste devant la bibliothèque municipale. Saisi d'une brusque impulsion, il y entra. Au moins cela, il pouvait le faire : en apprendre davantage. Plus il en saurait, plus il pourrait argumenter. Et les livres étaient un bon point de départ.

Malheureusement le rayon « Sorcellerie » de la bibliothèque de Hunstanton n'était pas très fourni. En fait, il n'y avait que trois ouvrages dont deux s'étaient malencontreusement égarés du rayonnage voisin consacré à l'artisanat. Mais le troisième, et donc unique, semblait prometteur. Il s'intitulait *Magie noire en Grande-Bretagne*, par une certaine Winny H. Zoothroat. David feuilleta le livre, puis s'installa à une table pour l'examiner plus en détail.

SOCIÉTÉ DE SORCIERS :

> *Rassemblement de sorciers, générale-ment au nombre de treize ou un multiple de treize. La raison en est que le chiffre douze est souvent considéré comme un nombre parfait. Le treize signifie donc la mort. Treize est aussi l'âge auquel un novice est introduit dans la société.*

INITIATION :

> *Un nouveau sorcier, ou une nouvelle sor-cière, est souvent tenu(e) de signer son nom dans un registre noir qui sera conservé par le maître. La coutume veut que le novice signe son nom avec son propre sang. Une fois son nom signé, le*

ou la novice reçoit un nouveau nom.
C'est le nom du pouvoir, et il doit être
emprunté à un ancien comme marque de
respect.

SORCIERS :

Il existe en Grande-Bretagne de célèbres
sorciers, et notamment Roger Bacon,
connu pour avoir marché entre les deux
clochers d'Oxford. Bessie Dunlop, brûlée
vive dans le comté d'Ayrshire. William
Rufus grand maître sorcier du
XIIIᵉ siècle.

SABBAT :

Le sabbat de sorciers se tient à minuit.
Auparavant, les membres s'enduisent la
peau d'un baume à base de ciguë et d'aco-
nit. Le baume provoque un état de transe
et, dit-on, aide à libérer les pouvoirs
magiques.

MAGIE :

> *Le tour de magie le plus connu s'appelle « loi de la ressemblance ». Une figurine de cire symbolise la personne victime de la colère de la sorcière. Tout ce que subit la figurine, la victime humaine le ressentira.*
>
> *L'outil le plus puissant du sorcier est le démon familier, une créature qui agit comme une sorte de serviteur diabolique. Le chat est le plus courant des démons familiers, mais d'autres animaux ont été utilisés, tels que le cochon ou le corbeau.*

David perdit toute notion du temps en lisant ce livre. À la fin de l'après-midi, il avait appris tout ce qu'il désirait savoir sur Groosham Grange, et aussi beaucoup de choses qu'il ne souhaitait pas. L'ouvrage lui réserva une dernière surprise. Au moment où il s'apprêtait à le remettre sur l'étagère, le livre tomba et s'ouvrit à ses pieds. Ses yeux s'arrondirent de stupéfaction lorsqu'il aperçut ces mots :

GROOSHAM GRANGE : voir note de l'éditeur.

Curieux, David se reporta à la dernière page de l'ouvrage où il lut :

Quand elle écrivait ce livre, Winny H. Zoothroat partit dans le comté de Norfolk pour faire des recherches sur Groosham Grange, la légendaire « Académie de sorcellerie » où les jeunes novices apprenaient l'art de la magie noire.

Malheureusement Miss Zoothroat ne revint pas de son voyage. Sa machine à écrire fut retrouvée rejetée par la mer sur le rivage plusieurs mois après. Par respect pour sa mémoire, les éditeurs ont décidé de laisser ce chapitre blanc.

Une Académie de sorcellerie ! Les mots résonnaient encore dans la tête de David lorsqu'il quitta la bibliothèque. Mais quelle autre vocation pouvait avoir Groosham Grange ? Latin parlé couramment, fabrication de figurines en cire, préparation de mets étranges, études religieuses vraiment très peu catholiques... tout coïncidait. Mais David n'avait jamais voulu devenir sorcier. Alors pourquoi l'avait-on choisi ?

Il descendit la rue principale. Les magasins s'apprêtaient à fermer leurs portes. Un mouvement furtif attira son attention. D'abord il crut avoir rêvé, puis il aperçut à nouveau une silhouette difforme se glissant derrière une voiture en stationnement.

Gregor.

D'une façon ou d'une autre le nain avait réussi à gagner Hunstanton et David ne douta pas un instant qu'il fût à sa poursuite. Sans réfléchir, il s'élança et dévala la colline en direction de la mer. Si on le retrouvait, David savait qu'on le tuerait plutôt que de le laisser raconter son histoire. Ils avaient déjà assassiné au moins deux personnes. Combien d'autres avaient échoué dans le cimetière de l'île du Crâne plus tôt que prévu ?

David attendit d'avoir atteint le front de mer pour reprendre son souffle et son calme. Une coïncidence. Ce ne pouvait qu'être une coïncidence. Gregor devait sûrement faire des courses ou rendre visite à un ami. Personne à l'école ne pouvait savoir qu'il se trouvait précisément à Hunstanton.

À quelques mètres de là, Gregor gloussa de rire. Assis sur un muret de brique, le bossu l'observait de son œil de lynx. Il tira un objet de sa ceinture. C'était un couteau, avec une lame d'au moins quinze centimètres de long, qui jetait un éclat menaçant. Sans cesser de ricaner, le bossu lécha la lame. David tourna les talons et reprit sa course.

Il ne savait pas où aller. Le monde entier semblait vaciller et trembler chaque fois que son pied effleurait le ciment froid. Tout ce qu'il entendait, c'était son souffle haletant. Il jeta un coup d'œil en arrière. Le nain avait disparu. Hunstanton était loin maintenant. Il avait atteint le bout de la promenade du front de mer. Des tentes affaissées et des cabanes en bois gauchi l'entouraient. La fête foraine !

« Un petit tour, mon garçon ? »

Le vieil homme portait un manteau élimé. Une cigarette pendait au coin de sa bouche. Il se tenait près du train fantôme. Trois voitures, une bleue, une verte, une jaune, étaient arrêtées dans la courbe des rails.

« Un tour ? »

David regarda vers le front de mer. Aucun signe de Gregor.

« Un tour d'essai, insista le vieil homme secoué par une quinte de toux, en écrasant sa cigarette. Tu as de la chance d'être arrivé au bon moment. Je t'offre un tour gratuit.

— Non, merci... »

Au même moment, David aperçut Gregor. Celui-ci ne l'avait pas encore repéré, mais il le cherchait, le couteau toujours à la main, à hauteur de hanche, la lame relevée.

David sauta dans la première voiture. Il lui fallait se cacher. Quelques minutes dans le train fantôme pouvaient suffire. En tout cas, Gregor ne le suivrait pas là.

« Accroche-toi ! » lança le vieil homme en pressant un bouton.

La voiture fut propulsée en avant. Une seconde plus tard elle heurta les portes battantes qui s'ouvrirent, puis se refermèrent derrière elle. L'obscurité engloutit David. Il eut l'impression de suffoquer. Puis une lumière s'alluma derrière un crâne en plastique et il put à nouveau respirer. Si le crâne était supposé l'effrayer, il provoqua l'effet inverse en lui rappelant qu'il ne s'agissait que d'un divertissement, une attraction bon marché de fête foraine, avec des masques en plastique et des ampoules de couleur. Un haut-parleur grésilla en diffusant un « Houuuuuu » enregistré qui arracha même un sourire à David. Une lumière verte clignota. Une araignée en caoutchouc se mit à tressauter au bout de fils trop visibles. David sourit de nouveau.

Puis la voiture plongea dans un abîme.

La descente dans les profondeurs dura si longtemps que le vent ébouriffa les cheveux de David et qu'il fut plaqué sur son siège. Au dernier moment, alors qu'il était certain de s'écraser au fond, la voiture ralentit comme si elle s'enfonçait dans un coussin d'air.

« Drôle de petit tour », murmura-t-il pour lui-même.

Et ce fut un soulagement pour David d'entendre sa propre voix.

Une autre lumière s'alluma, un léger crépitement se fit entendre. Mais s'agit-il réellement des haut-parleurs ? Le son semblait trop réel. Puis David perçut une odeur, une odeur moite de marais. Avant la chute vertigineuse, il sentait les rails sous la voiture, maintenant celle-ci semblait flotter.

Une silhouette surgit des ténèbres, un manne-quin dans un manteau noir. La silhouette leva la tête et David comprit : ce n'était pas un mannequin mais un homme, et un homme qu'il connaissait bien.

« Croyais-tu vraiment nous échapper ? » demanda M. Kilgraw.

Le train fantôme glissa encore, silencieusement. MmeWindergast surgit de l'ombre.

« Je ne t'aurais jamais cru si stupide, mon cher enfant », dit-elle de sa voix chantante.

David frémit. La voiture bondit, poussée par une force invisible, et David se retrouva face à

M. Fitch et M. Teagle, éclairés par une douce lumière bleue.

« Une grande déception, monsieur Fitch.

— Un désastre, monsieur Teagle. »

Mlle Pedicure pointa son doigt sur David en secouant la tête. M. Leloup, mi-homme mi-loup, poussa un hurlement. M. Creer, pâle et presque transparent, ouvrit la bouche pour parler mais un flot d'eau de mer en jaillit.

David était condamné à rester assis là, respirant à peine, agrippé au rebord de la voiture du train fantôme qui poursuivait sa course tandis que tous les professeurs de Groosham Grange défilaient devant lui. Une fumée noire commença peu à peu à s'enrouler autour de ses chevilles, et il distingua au loin une lueur rouge, de plus en plus lumineuse à mesure qu'il s'en approchait. Et tout à coup un choc se produisit à l'arrière de la voiture. David aperçut deux mains agrippées au rebord de fer, les doigts très serrés. Mais les mains n'étaient rattachées à aucun bras.

David hurla.

Le train fantôme franchit un second barrage de portes. La lumière rouge explosa devant ses yeux et devint un immense soleil couchant. Une brise fraîche lui caressa les cheveux. Au loin, tout en bas, les vagues se brisaient contre les rochers.

Le train fantôme l'avait reconduit sur l'île du Crâne. La petite voiture jaune était perchée tout en haut de la falaise, sur l'herbe verte. Il n'y avait ni rails, ni mannequins, ni fête foraine.

C'était le soir de son treizième anniversaire et la nuit se refermait sur lui.

14

À travers le miroir

L'école était déserte.

David était allé se coucher, trop déprimé pour faire autre chose. Son évasion n'avait mené à rien. Et Jill restait introuvable. Il avait tout simplement vécu le pire anniversaire de sa vie, et si les choses se passaient comme il s'y attendait, ce serait probablement le dernier.

Le sommeil ne venait pas. Où étaient les autres ? Il était arrivé à six heures. Quatre heures plus tard, allongé dans l'obscurité, il n'avait toujours pas vu ni entendu âme qui vive. Il faut dire qu'il n'y avait plus aucune âme à Groosham Grange. Elles avaient été vendues depuis bien longtemps, et David le savait trop bien.

Soudain, un bruit de pieds nus marchant sur le plancher du dortoir l'alerta. Il se dressa dans son lit. C'était Jill. Il se détendit, soulagé de la revoir.

« Jill...

— Bonsoir, David, dit-elle d'un air aussi accablé que le sien. Alors tu n'as pas réussi ?

— Si. Mais... c'est une longue histoire, répondit David en quittant son lit. (Il était encore tout habillé.) Où sont les autres ? »

Jill haussa les épaules. Il était difficile de distinguer son visage, dans la pénombre.

« Que t'est-il arrivé après mon départ en bateau ?

— Nous en parlerons plus tard. Pour l'instant, je voudrais te montrer quelque chose. Viens ! »

David quitta le dortoir derrière elle, légèrement dérouté par son attitude. Jill semblait en bonne santé et il supposa que personne ne l'avait punie pour son rôle dans l'évasion. Pourtant elle paraissait froide, distante. Lui reprochait-elle de l'avoir abandonnée ? Après tout, c'était compréhensible. David lui-même se le reprochait.

« J'ai découvert toutes sortes de choses sur Groosham Grange, David, reprit-elle alors qu'ils descendaient l'escalier. Surtout en ce qui concerne les enseignants.

— Jill..., l'interrompit David en posant la main sur son bras pour l'arrêter. Je suis désolé d'avoir dû partir sans toi.

— Ce n'est rien, David. Tout est pour le mieux », dit-elle avec un faible sourire.

Son visage était pâle dans la lumière lugubre du hall. Jill s'écarta de David et pressa le pas en direction de la bibliothèque.

« Les professeurs sont tous... enfin, ils ne sont pas tout à fait humains, poursuivit Jill. M. Kilgraw est un vampire, Mme Windergast une sorcière. M. Fitch et M. Teagle font de la magie noire. Ils étaient deux personnes distinctes jusqu'à ce que l'une de leurs expérimentations tourne mal. M. Creer est un fantôme et Mlle Pedicure est éternelle.

— Mais pourquoi nous veulent-ils avec eux ? demanda David.

— Pour nous enseigner, répondit Jill en arrivant devant la porte de la bibliothèque, dont elle tourna la poignée pour entrer. Tu es le septième fils du septième fils. Et moi la septième fille de la septième fille.

— Et alors ?

— Cela signifie que nous sommes des sorciers.

Nous sommes nés ainsi. Ce n'est pas notre faute. Mais comme tous les autres élèves ici, nous avons des pouvoirs. Les enseignants de Groosham Grange veulent tout simplement nous apprendre à les utiliser.

— Des pouvoirs ? sursauta David en saisissant la main de Jill pour la forcer à le regarder en face. (Elle ne résista pas, mais son regard sembla le traverser.) Je n'ai aucun pouvoir, pas plus que toi !

— Si, David, nous en avons. Seulement nous ignorons comment nous en servir. »

Jill se tenait devant le miroir. Elle leva la main et tapota la glace, puis se tourna vers David.

« Use de ton pouvoir, lui dit-elle d'un air de défi. Passe au travers du miroir.

— À travers le miroir ? »

David regarda le miroir, puis Jill, et à nouveau le miroir. Il se rappela son rêve, comment il avait traversé ce même miroir et marché jusqu'à une grotte souterraine. Mais ce n'était qu'un rêve. Maintenant il était éveillé. La glace était solide. Seule Jill, apparemment, avait craqué.

« Tu peux le faire, insista Jill. Tu en as le pouvoir. Il te suffit de l'utiliser !

— Mais...

— Essaie ! »

Furieux, désemparé, un peu effrayé, David

écarta Jill et mit son épaule contre la glace. Il allait briser le miroir, ça lui apprendrait. Ensuite il découvrirait pourquoi elle se comportait ainsi.

Son épaule s'enfonça dans la glace.

Surpris, David perdit l'équilibre et faillit tomber. Sa tête et ses mains touchèrent le miroir, ou plutôt touchèrent le vide, comme si l'obstacle n'existait pas. Une seconde plus tôt il était dans la bibliothèque, et maintenant il respirait l'air froid d'un tunnel et frôlait la paroi du rocher, humide et luisante.

David jeta un regard en arrière. Le tunnel semblait barré par une plaque d'acier. L'autre face du miroir. Puis Jill apparut, elle sembla franchir un voile d'eau, et elle se planta devant lui, les mains sur les hanches.

« Tu vois bien ! Je t'avais dit que tu pouvais le faire.

— Mais comment le savais-tu ?

— Je sais bien d'autres choses », dit Jill.

Elle passa devant lui et s'engagea dans le tunnel. David la suivit en se demandant si, finalement, il était réellement éveillé. Pourtant, tout semblait réel. L'air froid le faisait frissonner, il sentait un goût d'eau salée sur ses lèvres, le poids oppressant des rochers au-dessus de lui. Le passage descendait très profondément et ses oreilles se bouchèrent sous l'effet de la pression.

« Où ce tunnel mène-t-il ? questionna David.

— Tu verras. »

Quelques centaines de mètres plus loin, apparut une étrange lueur argentée. Aucune ampoule électrique ni aucune torche n'éclairait le tunnel et David prit soudain conscience que cette lueur argentée emplissait le passage depuis le début. C'était une sorte de brume au-dessus d'un lac souterrain. Jill s'arrêta. David pressa le pas pour la rejoindre. Le tunnel déboucha... dans une immense caverne.

La caverne de son rêve. Des stalactites et des stalagmites pointaient, parfaitement sculptées. Une cascade pétrifiée, d'un blanc brillant, couvrait toute une paroi. Et au beau milieu de tout cela se dressait l'autel du sacrifice, un bloc de granit massif, ultime et terrible point final. M. Kilgraw se tenait à côté. Il les attendait. Jill avait conduit David jusqu'à eux.

David fit volte-face et chercha sur elle ce qu'il savait y trouver, et qu'il aurait dû voir plus tôt : sur son troisième doigt, le majeur, une bague noire.

Il secoua la tête, la gorge serrée.

« Jill ! Depuis quand as-tu treize ans ?

— Hier, répondit Jill avec un regard de

reproche. Tu ne m'as pas souhaité mon anniversaire. Mais ça ne fait rien, David. Tu vois, nous avions tort. Nous les combattions. Pourtant, depuis le début, ils étaient de notre côté. »

Le désespoir engloutit David. Toute combativité venait de s'éteindre en lui. Il avait échoué. Il avait raté son évasion et perdu Jill. Elle était une des leurs, désormais. Il était seul.

Et maintenant c'était son tour.

Ils étaient venus le chercher.

D'un seul mouvement, tous les élèves de Groosham Grange surgirent de l'ombre pour former un cercle autour de lui. Les professeurs apparurent derrière M. Kilgraw. David avança lentement vers le bloc de granit. Il ne voulait pas avancer, mais ses jambes n'obéissaient plus à ses ordres.

Il s'arrêta devant M. Kilgraw. Tous les regards étaient fixés sur lui.

« Tu nous as résisté longtemps et durement, David, dit M. Kilgraw. Je te félicite pour ton courage. Mais l'heure de la lutte est finie. C'est aujourd'hui ton treizième anniversaire. Minuit approche. Tu dois faire ton choix... Écoute-moi, David. Tu es le septième fils du septième fils. Voilà pourquoi tu as été conduit à Groosham Grange. Tu détiens des pouvoirs. Nous désirons t'apprendre à les utiliser.

— Je ne suis pas un sorcier ! s'écria David. Je ne le serai jamais ! »

L'écho de ses paroles résonna dans la caverne.

« Pourquoi pas ? rétorqua M. Kilgraw sans élever la voix, mais avec une intensité et une passion que David n'avait encore jamais entendues. Pourquoi pas, David ? Pourquoi refuses-tu de considérer les choses de notre façon ? Tu crois que les vampires, les fantômes, les sorciers et les monstres à deux têtes sont mauvais. Pourquoi ? Sais-tu ce que c'est, David ? Des préjugés. »

M. Fitch et M. Teagle hochèrent la tête d'un geste approbateur. Mme Windergast murmura : « Très juste, très juste. »

« Il n'y a rien de mauvais en nous. T'avons-nous fait du mal ? Il est vrai que nous avons dû supprimer M. Troloin, mais c'est toi qui l'avais attiré ici. Nous devions nous protéger. L'ennui, David, c'est que tu as vu trop de films d'horreur. Nous autres, vampires, n'avons jamais le beau rôle ! Sans parler des loups-garous ! Parce que mon bon ami M. Leloup hurle les soirs de pleine lune, tout le monde se croit le droit de le chasser et de tirer sur lui des balles en argent. Et M. Creer ! D'accord, il est mort. Et alors ? C'est quand même un excellent professeur, bien plus vivant même que certains professeurs vivants que je ne citerai pas.

— Mais je ne suis pas comme vous, insista David. Et je ne veux pas l'être.

— Tu as des pouvoirs, répliqua M. Kilgraw. C'est tout ce qui compte. La seule question est de savoir, David, si tu souhaites réellement rester avec tes parents pour suivre les traces de ton sinistre père dans la banque, ou bien vivre libre. Rejoins-nous et tu seras riche. Nous t'enseignerons comment faire de l'or avec du plomb, comment anéantir tes ennemis d'un simple claquement de doigts. Nous pouvons t'apprendre à lire l'avenir et à utiliser tes connaissances. Réfléchis, David ! Tu peux obtenir tout ce que tu désires... et davantage. Regarde Mlle Pedicure ! Elle est éternelle. Tu peux l'être aussi... Bon, d'accord, je l'admets, nous sommes mauvais. Mes amis, M. Fitch et M. Teagle, le sont plus que nous tous. Ils ont même reçu des récompenses pour cela. Mais quel mal y a-t-il à être mauvais ? Nous n'avons jamais lâché de bombe atomique sur personne. Nous n'avons jamais pollué l'environnement, fait des expériences sur les animaux, ni réduit les allocations familiales. Nos mauvaises actions sont plutôt agréables. Pourquoi, à ton avis, existe-t-il tant de films et de livres à notre sujet ? Parce que les gens nous aiment bien. Nous sommes des vilains plutôt sympathiques. »

Pendant le discours de M. Kilgraw, les soixante-quatre élèves de Groosham Grange, sorciers novices et jeunes adeptes, avaient resserré le cercle. Maintenant ils se rapprochaient de David, sans le quitter des yeux. Jill se tenait près de Jeffrey, William Rufus de l'autre côté. Soixante-quatre bagues noires luisaient dans la lumière souterraine.

M. Kilgraw tenait la soixante-cinquième dans une main.

« J'ai apprécié la lutte, David. Je ne voulais pas que la tâche fût trop facile. J'admire le courage. Mais maintenant il est minuit. »

M. Kilgraw tendit l'autre main. Gregor avança et lui remit son couteau.

« C'est pour toi l'heure du choix, David, poursuivit M. Kilgraw. La bague ou le couteau. Tu peux nous repousser une dernière fois. Dans ce cas, je serai malheureusement obligé de te plonger ce couteau dans le cœur. Et je peux t'assurer que cela sera plus douloureux pour moi que pour toi. Ensuite, nous t'enterrerons décemment dans le cimetière de l'école. L'autre solution est de nous accepter, de prendre un nouveau nom et de commencer ton éducation avec sérieux. Mais tu ne pourras pas changer d'avis, David. Si tu nous rejoins, c'est pour toujours. »

Autour de David, les visages se rapprochèrent. Il y avait la bague. Il y avait le couteau.

« Alors, David, reprit M. Kilgraw. Que choisis-tu ? »

15

Le septième fils

« Quand j'étais jeune, dit M. Eliot, je devais travailler pendant mes vacances. Mon père me faisait trimer si dur que je passais trois semaines à l'hôpital avant de reprendre l'école.

— Mais David ne dispose que d'un seul jour de congé, objecta Mme Eliot en se versant un verre de gin.

— J'en ai conscience, ma chère, dit M. Eliot en lui arrachant le verre des mains pour le boire. Et si tu veux mon avis, un jour c'est encore trop. Si j'avais été renvoyé du collège Beton, mon père ne m'aurait plus jamais adressé la parole. En réalité, il m'aurait coupé les oreilles pour que je ne puisse l'entendre si par accident un mot lui échappait. »

Assis dans le salon de leur maison de la villa Wiernotta, Edward Eliot fumait un cigare et Eileen Eliot caressait Gin, son chat siamois favori. Ils venaient juste de déjeuner : salade au jambon dans le plus pur style végétarien, c'est-à-dire sans jambon.

« Nous pourrions peut-être l'emmener au cinéma ? suggéra craintivement Mme Eliot.

— Un film ?

— Ou bien au concert...

— Es-tu folle ? » aboya M. Eliot.

Furieux, il se pencha pour écraser son cigare sur le chat. Le siamois miaula et sauta des genoux de Mme Eliot, en plantant profondément au passage ses griffes dans la jambe de sa maîtresse.

« Pourquoi l'emmener quelque part ? reprit M. Eliot.

— Tu as sans doute raison, mon chéri », gémit Mme Eliot en versant le restant du gin sur sa jambe pour empêcher le sang de couler.

C'est alors que la porte s'ouvrit devant David.

Il avait changé depuis son départ pour Groosham Grange. Il était plus mince, plus grand, plus mûr. Il avait toujours été calme mais maintenant son silence avait quelque chose d'étrange. Et le regard qu'il posait sur ses parents était sans indulgence.

M. Eliot consulta sa montre.

« Eh bien, David, il te reste exactement sept heures et vingt-deux minutes avant la fin de tes vacances. Pourquoi n'irais-tu pas tondre la pelouse ?

— Mais c'est une pelouse artificielle ! protesta Mme Eliot.

— Alors qu'il la lave !

— Bien sûr, mon chéri. »

David poussa un soupir. Sept heures et vingt-deux minutes. Il ne s'était pas rendu compte qu'il lui restait tant de temps. Il leva la main droite.

« Quelle est cette bague que tu portes ? » demanda son père.

David marmonna quelques mots entre ses dents.

Il n'y eut ni déclic, ni éclair de flash, mais ce fut comme si ses parents venaient d'être photographiés et que, en même temps, ils fussent devenus ces photographies. Mme Eliot était figée près du fauteuil. M. Eliot s'apprêtait à parler, la bouche ouverte, la langue contre les dents.

C'était un truc facile. Mais ils allaient rester dans cette position pendant trois semaines.

David caressa rêveusement sa bague. Il avait parfaitement prononcé la formule. Mme Windergast aurait certainement jugé qu'un délai de trois semaines était excessif alors que quelques heures auraient suffi, mais c'était un perfectionniste et les sorts jetés par David étaient souvent un peu exagérés. Peut-être un excès d'enthousiasme de sa part.

Il monta dans sa chambre et s'allongea sur son lit. Un *milk-shake* au chocolat se matérialisa dans le vide et flotta tranquillement jusqu'à lui. David attendait avec impatience le prochain trimestre à Groosham Grange. Jill et lui passeraient leur examen de première année pendant l'été : télépathie, contrôle du climat, modelage de figurines en cire et (la plus délicate des quatre matières) épreuve de sacrifice.

Et ensuite ? David avala une gorgée de *milk-shake* et sourit. Il l'avait réussi à la perfection : bien épais, avec beaucoup de chocolat. Il rougissait encore de son premier essai. En classe de cuisine, il avait composé un *milk-shake* très bien dosé : parfum à la banane et deux boules de crème glacée, mais il avait oublié le verre ! David s'était familiarisé depuis peu avec ses pouvoirs et commençait seulement à y prendre plaisir.

Mais à quelle fin les utiliserait-il ? Magie noire ou magie blanche ? Le Bien ou le Mal ?

David préférait remettre sa décision à plus tard. D'abord il devait passer ses examens. Et il était certain de réussir. N'était-il pas le septième fils du septième fils ? Jamais il ne s'était senti mieux de sa vie.

Retrouvez la suite des aventures de David Eliot dans *Maudit Graal*.

TABLE

Édité par la Librairie Générale Française - LPJ
(58 rue Jean Bleuzen, 92170 Vanves)

Composition Jouve
Achevé d'imprimer en Espagne par Liberdúplex
Dépôt légal 1ʳᵉ publication août 2014
59.6668.5/15 - ISBN : 978-2-01-000903-7
Loi n° 49-956 du 16 juillet 1949 sur les publications destinées à la jeunesse
Dépôt légal : septembre 2021